D E A R + N O V E L

恋するソラマメ

久我有加
Arika KUGA

JN287248

新書館ディアプラス文庫

S H I N S H O K A N

恋するソラマメ

目次

イラストレーション／金ひかる

恋するソラマメ

KOI SURU SORAMAME

篠倉翔大《しのくらしょうだい》が大学を卒業した後、アルバイトをしていたお好み焼き店『まさとら』に就職を決めたのは、お好み焼きを焼く作業が楽しかったからだ。

たかがお好み焼き。されどお好み焼き。誰が作っても同じというわけではない。生地《きじ》と材料の混ぜ方や焼き方次第で、仕上がりが全く違う。外はカリカリに、中はふわふわに。単純な作業に見えて、これがなかなか難しいのだ。その難しい作業を経《へ》て最高に美味《おい》しいお好み焼きを焼くのが、翔大は好きだった。

『まさとら』では客の目の前で焼くのではなく、厨房《ちゅうぼう》で焼き上げたものを各座席に設《しつら》えてある鉄板へ運ぶ。これが口下手《くちべた》な翔大には都合がよかった。接客に不安はあったが、メインはあくまでもお好み焼きを焼くことだ。バイトとして働いているうちに、少しずつ応対に慣れきていたこともあり、なんとかなるだろうと判断した。

また、『まさとら』が大阪府内だけに支店を展開していたのも魅力的だった。生まれも育ちも大阪で、大学も大阪だったから、翔大は大阪以外で暮らしたことがない。今更故郷を離れたくなかったので、転勤があっても府内というのは理想通りだった。

就職して六年。去年は新入社員の教育係を任されてきりきり舞いしたものの、充実した毎日だった。お好み焼きを作る作業に飽《あ》きることはなく、朝から晩まで焼いても少しも嫌にならなかったので、天職だと思っていた。

そう、去年、社長が東京進出を決めるまでは。――否《いな》、この言い方は正しくない。

正確には、東京店への異動を命じられるまでは。

「いらっしゃいませー！」

店長である本多《ほんだ》の大きな声に、翔大はまた新たに客が入ってきたことを知った。が、お好み焼きを焼く手は休めない。

オープンから約一ヵ月。タウン誌や情報誌には一切開店の情報を載せていないし、目立つ場所にあるわけでもないのに、日に日に客が増えている。開店当初にやってきたリピーターも多いようだ。口コミが影響しているのは確かだが、十月に入って急に下がった気温も繁盛《はんじょう》の一因だろう。熱い鉄板を使うお好み焼きは、どちらかといえば夏より冬の方が売れる。

東京店として社長が用意したのは、繁華街《はんかがい》のはずれにあるビルの二階。カウンター席のみの、こじんまりとした居ぬき物件だった。大阪の庶民的な店舗とは異なる洗練された内装で、都会の隠れ家的な雰囲気だ。とはいえ、もとは鉄板焼き店だったものを改装したため、費用はかなり抑《おさ》えられたらしい。

働いているのは店長の本多と翔大、そしてもう一人の従業員、津久井《つくい》である。週に一度は大阪からやってくる社長も自《みずか》らお好み焼きを焼くが、基本は三人で店をまわす。

小規模の店で、しかも従業員が三人だけでは大阪店のように厨房と接客を分けることはできず、客の目の前で焼く方式だ。必然的に客に話しかけられることも多くなる。

これが翔大にとってはけっこうなストレスだった。もともと話すのが得意ではないことに加え、話しかけられる言葉は耳慣れない標準語である。自然と萎縮《いしゅく》してしまい、うまく応対できない。

　まだ内心の焦《あせ》りが顔に出れば、この人緊張してるんだなと察してもらえるかもしれないが、生憎《あいにく》感情が表に出ない性質なのだ。仕事中はバンダナで前髪をあげているので、余計にごまかしがきかない。客観的に見れば、ただのぶっきらぼうで無愛想《ぶあいそう》な男である。

「ここのお好み焼きはマジで美味しいって課長が言ってたよ」

「ああ、課長、大阪出身だもんな。あの人、叱るとき大阪弁になるだろ。怒られてんのになんか笑っちゃうんだよ」

　目の前のサラリーマン風の男二人の会話に、翔大は背中がむず痒《がゆ》くなるのを感じた。ドラマや映画を通してなら、ごく普通の会話だと思える。しかし生で聞くと、語尾がどうしても女性っぽく感じられてしまう。

　話しかけられんだけましやけどな……。

「お待たせしました。餅《もち》チーズとミックスです。お切りしましょうか？」

　先ほどコテと割り箸《わりばし》、どちらで食べるかを尋ねると、二人は割り箸《わりばし》を希望した。あらかじめ切った方が食べやすいだろう。案《あん》の定《じょう》、お願いしますと言われて、翔大はお好み焼きを焼いていた大きなコテでサクサクと切り分けた。

「どうぞ、お召し上がりください」

「お、旨《うま》そう！」

「いただきまーす」

早速《さっそく》箸と取り皿を手にとった二人に、ごゆっくり、と軽く頭を下げる。顔を上げると同時に、またドアが開いた。

入ってきたのはバランスのとれた長身の男だ。切れ長の双眸《そうぼう》に通った鼻筋《はなすじ》、そして大きめの口が印象的な二枚目の範疇《はんちゅう》に納まらない容貌《ようぼう》が、すっきりとした黒髪の短髪によく映《は》える。ジャケットにパンツという堅めの服装に、ニット帽や黒縁《くろぶち》の眼鏡等のカジュアルなアクセサリをつけたアンバランスな装《よそお》いが、違和感なく似合っていた。様々な人間が暮らす大都会、東京にあっても特別人目を惹《ひ》くタイプだ。

「いらっしゃいませ」

声をかけると、彼はニッコリと笑った。

「こんばんはー」

形の良い唇から出てきた挨拶《あいさつ》は、関西のイントネーションだ。彼が店に来るのは、これで四度目である。今まで三回とも一番奥に腰かけた男は、今日も一番奥の席に座った。どうやらそこを自分の定位置に決めたようだ。

ちなみにカウンターの一番奥は翔大の持ち場である。必然的に、彼にお好み焼きを焼くのは翔大の役目になる。

「豚玉《ぶたたま》お願いしまーす」

「豚玉ですね。かしこまりました」

翔大が復唱《ふくしょう》すると、彼はまた嬉しそうにニッコリと笑った。

「外寒《さむ》なってきたわー」

「そうですか」

「店ん中はあったこうてええなあ」

「はい。鉄板があるんで余計に」

お冷やとおしぼり、取り皿、そして小さなコテを出しながらの会話は、すぐに行きづまってしまう。もう少し気のきいたやりとりができないのかと自分で自分が情けなくなるが、ぎこちない笑みを返すのが精一杯だ。

関西弁のお客さんやけど、この人は別の意味で緊張する。

忘れもしない、オープンから三日目。最初に彼がやってきたときは、さすがの本多も一瞬、動きを止めた。あ！　と大きな声を出してしまったのは津久井だ。翔大はといえば、驚いて声も出なかった。

男の名前は百瀬統也《ももせとうや》。ミュージシャンにして俳優、タレント業もこなす。老若《ろうにゃく》関係なく女性に圧倒的な人気を誇《ほこ》り、若い男性からも兄貴的存在として熱い支持を受けている芸能人だ。年は確か三十四か五。関西出身の彼はバラエティ番組やトーク番組に出るとき、関西言葉を話す。

　大阪の店にも芸能人が来ることはあったものの、圧倒的に関西在住の芸人が多かった。また、社長の弟が有名なプロ野球選手ということもあり、野球関係者も頻繁《ひんぱん》に来店した。しかし全国的に名の知れた芸人や俳優、アイドルが訪れる確率は低かった。それなのに東京店では、オープン数日で超有名芸能人がやってきたのだ。

　東京て凄《すご》い。ていうか怖い。

　標準語といい百瀬といい、自分がテレビの中に閉じ込められたような奇妙な錯覚に陥《おちい》ってしまう。二人いる兄のうち、すぐ上の兄が東京の大手の芸能事務所で働いているが、自分には到《とう》底《てい》真似できない。

　カップに生地とキャベツなどの具を入れ、黙々《もくもく》と豚玉の準備をしながら、ちらと百瀬を見遣《みや》る。すると、いきなり目が合った。頬をひきつらせつつも必死で微笑《ほほえ》んでみせると、彼はやはりニッコリと笑う。

　プライベートの百瀬は少しも偉そうではないし、無愛想でもない。気取ったところもない。テレビや映画を通して観《み》る彼とほとんど変わらず、気さくで明るい。

　普通にええ人やとは思うが、それと緊張とは別だ。ぎくしゃくしながら百瀬の前に戻り、カップに入れた生地と材料をスプーンで手早く混ぜる。

「お客さん増えてるみたいやな」

「はい。おかげさんで」

ああ、やっぱり話しかけてきはった。

前に来た三回とも話しかけられた。天気の話やお好み焼きの話など、他愛《たわい》ない話題ばかりだったが、冷や汗が出るほど緊張したことは言うまでもない。恐らく今日も話しかけられるだろうと覚悟はしていたものの、自然と体が強張《こわば》る。

「僕、大阪のまさとらのファンでちょくちょく行かしてもうててん。東京にも店ができたて聞いてすぐ飛んできてんけど、ほんま大阪と同じ味で嬉しいわ。お兄さん、大阪の本店で働いてたことある?」

「はい」

「そおか。気ぃ付かんかったな」

「大阪の店はもっと広いし、店員も多いですから」

ぎこちないながらも精一杯の笑みで応じる。

そら芸能界におる人が、俺のことなんか覚えてへんやろう。

身長百七十三センチ、中肉中背《ちゅうにくちゅうぜい》。兄二人が母親似のはっきりとした愛嬌《あいきょう》のある面立《おもだ》ちであるのに対し、末っ子の翔大だけは父方の祖父似の地味な顔だ。たまに怖いと言われることもあるが、それは感情が表に出なくて無表情になっているせいだろう。何にせよ、目立つ人ばかりを相手にしている百瀬が、翔大のような一般人を覚えているわけがない。

けど大阪の店にも来てくれてはったことには礼を言わんと。

生地を鉄板に落とした後、コテで表面を整えて豚肉を載せたところで一旦手を休めた翔大は、軽く頭を下げた。

「ありがとうございます」

ジュー！　と音をたてるお好み焼きを嬉しそうに見つめていた百瀬は、きょとんと首を傾《かし》げる。

「え、何が？」

「大阪の店にも来ていただいてるて」

「ああ、そういうことか」

何がおかしかったのか、百瀬は目を細めて笑った。もともと独特の雰囲気のある男だが、そんな表情をするとひどく優しそうに見える。

テレビを見てるみたいや。

感心半分、緊張半分で、翔大は作業に戻った。先ほどお好み焼きを焼いたばかりのサラリーマン二人組をはじめ、店内にいる客全員が百瀬に気付いているようだが、話しかけてはこない。これが大阪なら、一人か二人は必ず声をかけるだろう。

東京の人は芸能人を見慣れているのか。それとも、プライベートの芸能人に声をかけるのはマナー違反だとわきまえているのか。あるいは声をかける度胸がないだけか。

焼きムラがないようにお好み焼きを回転させながら考えていると、百瀬が再び話しかけてきた。

「お兄さんは大阪の出身?」

「はい」

「そっか。僕は小学校までは京都で、中学から大阪やねん」

「存じてます」

「知っててくれるんや」

「母と義姉《あね》が……、兄嫁がファンなんで」

嘘ではない。母は百瀬が出演しているドラマは必ずチェックする。長兄《ちょうけい》の妻は昨年、双子の男の子を産むまで度々《たびたび》コンサートに行っていたらしい。嫁と姑《しゅうとめ》が百瀬の話題で盛り上がっているところを、翔大は何度も目撃している。

「そうなんや。嬉しいなあ。よろしい言うといてな」

ニコニコと笑った百瀬は、軽く首を傾《かし》げてこちらを見上げてきた。

「ファンなんはお母さんとお義姉《ねえ》さんだけか? お兄さんは?」

「兄も好きやと思いますけど」

「ちゃうちゃう。キミのお兄さんと違《ちご》て、キミ自身」

百瀬の質問に応じつつも、お好み焼きの焼き加減に注意を払っていた翔大は、え、と思わず声をあげた。

お兄さん、という言葉を誤解したこと。そして自分もファンだと言えばよかったのに、バカ正直に母と義姉がファンだとしか言わなかったこと。二つの失敗にようやく気付いて、慌てて頭を下げる。

「すみません……！」

「や、別に謝ってもらわんでも。で、実際どう？」

真顔で尋ねてきた百瀬に、ガクガクと首を縦《たて》に何度も振る。リアクションを大きくしたのは、感情が顔に出にくいと自覚しているからだ。表情に出ない分、動作を大きくしなければ相手に意志が伝わらない。

学生時代はそういう質《たち》だとわかってくれる人たちだけと付き合っていればよかったが、社会に出たらそうはいかない。『まさとら』に就職してから、自分の感情を相手にはっきり伝えたいときは、なるべく動作を大きくするように心がけている。

「あの、好きです。この前のドラマも、観ました。鷲津映一《わしづえいいち》さんが主演だったドラマのスピンオフ。おもしろかったです」

「あ、そう。おもしろかった？　ありがとうなあ。なんか無理矢理おもろかったて言わしたみたいでごめんな」

真剣な表情から一転、ハハハ、と百瀬は明るく笑う。

楽しそうやな……。

機嫌を悪くしたわけではないとわかって、ほっと息をつく。たとえオフレコでも、百瀬のような有名人が、あの店の店員気ぃ利《き》かんでーとあちこちで話せば少なからず影響があるはずだ。

俺がこの人の相手をするんはマズイ。

本多と津久井なら、もっとうまく話せる。百瀬を不快にさせることはないだろう。

今度位置を換えてもらおうと真剣に考えながら、翔大は焼きあがったお好み焼きにソースをたっぷりと塗《ぬ》った。マヨネーズはなし。青海苔《あおのり》とカツオの粉節《こぶし》はかけすぎないように、適度にふりかける。

「お待たせしました」

百瀬は初回からずっと割り箸は使わず、自らのコテで切り分けて食べた。だから出来上がったお好み焼きを切らずに彼の前に出す。

「ありがとう」

嬉々《きき》として小さなコテを手にした百瀬は、早速お好み焼きを切り分けて口に運ぶ。コテの使い方はさすがに器用だ。

「ん、めっちゃ旨い！」

ニッコリ笑った百瀬に、翔大はありがとうございますと礼を言った。

百瀬と話すのは緊張するが、自分が焼いたお好み焼きを旨いと言ってもらうこの瞬間だけは、素直に嬉しいと思える。

けど、今度百瀬さんが来はったときは場所換わってもらおう……。


翔大が持ち場の交代を言い出すまでもなく、本多と津久井の方から提案してきた。二人とも内心では百瀬と話してみたかったらしい。

「せやかて百瀬統也やぞ！　国際映画祭で賞とって俳優としてやってくんかて思いきや、去年からまたバラエティ系のトーク番組持って、それがまためっちゃおもろいて、どんだけ多才《たさい》やっちゅうの。そんな有名人と話せるチャンスなんか普通ないやろ」

精算の作業をしながら力説《りきせつ》したのは本多だ。食材の仕入れから金銭の管理まで任されている彼は、妻子を大阪に残して単身赴任《たんしんふにん》している。今年三十八歳。『まさとら』創業当時からの従業員だ。あけっぴろげで口も達者という、翔大とは正反対の性格である。生まれも育ちも大阪の典型的なナニワ男だが、大学時代だけは東京ですごしたらしい。

「プライベートでもカッコイイってサギですよねー。俺もああいう大人の男になりてー」

床を直接雑巾《ぞうきん》がけしながら言ったのは津久井だ。生まれは静岡らしいが、父親の転勤についてまわっていたため、東京をはじめ、愛知、大阪、福岡など、様々な土地で暮らした経験があるという。そのせいか、物怖《ものお》じしない性格だ。たまたま入学したのがフードコーディネーターを育てる大阪の専門学校で、去年、卒業すると同時に『まさとら』に就職した。ちなみに津久井の新人研修を担当したのは翔大である。積極的に質問してくる彼にたじたじとなったのは記憶に新しい。

鉄板を熱してこびりついた焦《こ》げをとっていた翔大は、同僚二人に交互に目をやり、こっそりため息を落とした。

本多さんと津久井が東京店の従業員に選ばれたんはわかる。

二人とも東京で生活していた時期がある。それに明るくて社交的だ。

俺は大阪以外で暮らしたことないし、口下手やし明るいこともないし。

東京に引っ越してきて二ヵ月ほどが経つが、いまだに慣れない。定休日でも、ほとんど自宅マンションに籠《こも》っている。どこへ行っても標準語しか聞こえてこないため、気後《きおく》れしてしまうのだ。そんな自分がなぜ東京店へ異動になったのか、さっぱりわからない。

「けど篠倉、いっぺんぐらいやったら交代してもええけど、これから百瀬さんだけと違《ちご》て他の芸能人も来るかもしれん。ちょっとずつでも慣れた方がええぞ」

精算を終え、ビールのサーバーの掃除を始めた本多の言葉に、はあと頷く。

「話しかけてきはらへんかったら、芸能人の方でも平気なんですけど」

「ああ、確かにあんなにしゃべる人、一般のお客さんでも珍しいですよね。なんだかんだ言って前回も今回も、帰るまでずっとしゃべってたもんな。百瀬さんて普段から話好きなんですかね」

感心したような津久井の言葉に、翔大は苦《にが》い笑みを浮かべた。確かに百瀬は店にいる間ずっと翔大と話している。翔大がうまく答えられなかったせいで話がぶつ切れになっても会話が続くのは、百瀬が気にする風もなく話しかけてくるからだ。

俺と話し続けるん、けっこうしんどいと思うんやけど……。

「シノさんもせっかく百瀬さんと話ができるんだから、肩の力抜いて楽しんだらいいのに」

雑巾がけの手は休めずに器用に肩をすくめた津久井に、翔大はため息を落とした。

「それができるんやったら、とうにやってる」

「ですよねー。けどまあシノさんはそういう硬派《こうは》なとこがいいんだから、そのまんまでいいんじゃないですかね。喋《しゃべ》るのは俺と店長に任せてもらったらいいっすよ」

「こうは……？」

「はい。自分、不器用ですから、みたいな」

頰をひきつらせたのは翔大で、ぶふ、と噴き出したのは本多だ。

「そらええように言いすぎや、津久井。篠倉はただ口下手なだけやぞ」

本多とは大阪の店で二年ほど一緒に働いていたので、本質を見抜かれている。本多の言う通りだと口に出すかわりに、うんうんと頷いてみせると、津久井は手を止めてこちらを見上げてきた。

「えー、でもお好み焼いてるシノさん、職人って感じでカッコイイじゃないですか」

からかう風もなく、ごく真面目な口調で言われ、絶句する。

何やその誇大妄想《こだいもうそう》……。

一方の本多はまた派手に噴き出した。今度はげらげらと腹を抱《かか》えて笑い出す。

「おま、おまえ、篠倉に夢みすぎや。篠倉は確かに裏表のない真面目な奴やけど、硬派て」

「そうですか？　シノさんに研修してもらった同期は俺と同じように思ってる奴多いですよ。シノさんて黙ってると怖い感じだけど、そこがまた職人ぽくてカッコイイっていうか。ちょっと憧《あこが》れちゃう雰囲気なんですよね。東京店のメンバーに選ばれたのも、そういう真面目で硬派な感じが東京ウケしそうだからかなって同期と話してたんです」

「……それは俺自身が引く」

あまりに激しい誤解っぷりに、思わず掃除の手を止めて言うと、えー、と津久井は唇を尖《とが》らせた。

「何でですか。俺、シノさんと一緒に東京行けてラッキーって思ったんですから」

腹が、腹が痛《いて》え、と笑いすぎて悶《もだ》え苦《くる》しんでいる本多を横目に、翔大は苦笑した。

顔に出んのがええんか悪いんか……。

客に職人風に見られているのならラッキーだ。口下手故《ゆえ》の接客のぎこちなさも、持ち味と受け取ってもらえる。

しかし他の社員をはじめ、社長にも動じない男と認識され、東京へ異動になったのだとしたらアンラッキー以外の何ものでもない。

ああ、大阪の店に帰りたい。


それから約一週間、百瀬は『まさとら』に姿を現さなかった。本多が言った通り、今、彼はバラエティ系のトーク番組に出演しながらミュージシャンとして新しいアルバムの制作に取り組んでいるらしい。かなり忙しそうだ。

とはいえ百瀬はずっと東京にいる。つまり、いつ店にやってくるかわからない。

百瀬のスケジュールを確認している自分に、翔大は苦笑した。もともと芸能人『百瀬統也』は嫌いではなかったが、母や兄嫁のような熱心なファンではなく、テレビで観ても不快にならない程度だった。それがいつのまにか、雑誌やテレビに百瀬の名前が出ていると、チェックするようになってしまっている。

もし来はったら、不自然に見えんように場所を換わらんとあかん。

今日もそう思って構えていたが、午後十時のラストオーダーまで五分をきっても百瀬は現れなかった。夕方から降り出した冷たい雨が一向《いっこう》にやむ気配を見せないせいだろう、店内は既に空《から》だ。

「今日はもうお客さん来《き》はらへんなあ」

隣にいた本多がドアを見ながら言う。

我知らずほっと息を吐き、翔大は頷いた。

「ですね。ぼちぼち看板しもてきましょか」

「おう、頼むわ」

はいと頷いてカウンターから出ようとしたちょうどそのとき、ドアが開いた。いらっしゃいませ、と本多と津久井と一緒に声をそろえる。

ビニール傘《がさ》を畳《たた》みながら入ってきたのは百瀬だった。今日はハンチング帽にトレンチコートという組み合わせだ。テレビドラマから抜け出てきた私立探偵のような格好《かっこう》が、違和感なく似合っている。

来た！　と思ったのは翔大だけではなかったようだ。本多と津久井がわずかに緊張したのがわかる。

「あー、まだ大丈夫？」

遠慮がちに尋ねた百瀬に、大丈夫です、どうぞ、とすかさず笑顔で応じたのは本多だった。

百瀬はほっとしたように破顔《はがん》する。

「よかったー。ぎりぎりに来てしもてすんません」

謝りながら、百瀬は入口の横にある傘立てに傘をさす。

本多に腕をつかまれ、翔大は頷いた。場所を換わるなら今だ。なるべく自然に本多と入れ替わる。

奥に本多、真ん中に翔大、入口に近い場所に津久井、という並びになった。百瀬以外に客はいない。全ての座席が空《あ》いているが、彼は今まで通り一番奥、つまり本多の前に腰かけるはずだ。

よかった、本多さんに任せといたら間違いない。

密《ひそ》かに安堵の息をついていると、コートとハンチング帽をとった百瀬がカウンターに向き直った。長い脚でつかつかと奥へ向かった彼は、しかしいつも腰かける一番奥の席までは行かなかった。カウンターの中ほど——翔大の真ん前の席に躊躇《ためら》うことなく腰を下ろす。

何でそこに座る！

本多と津久井の心中のツッコミが聞こえた気がした。

呆気《あっけ》にとられている翔大を、百瀬はニッコリ笑って見上げてくる。

「豚玉と生ビール、中ジョッキでお願いします」

「あ……、はい。豚玉と生ビール中ジョッキですね。かしこまりました」

機械的に応じた翔大は、おしぼりとお冷やを百瀬に差し出した。ちらと本多を見遣ると、おまえが焼けと目顔で言われる。対面式である東京店では基本、オーダーを受けた者が調理することになっているのだ。百瀬を前にして再び入れ替わるわけにもいかず、小さく頷いてみせる。

場所換わってもろた意味がないやんか……。

今日もまた、彼が帰るまで話さなくてはならない。

プレッシャーを感じつつジョッキにビールを注いでいると、百瀬がいつものように話しかけてきた。

「ほんま遅《おそ》うにごめんな。ラストオーダーに間に合わんかもしれんから来るんやめようか思《おも》たんやけど、どうしてもここの豚玉が食べたかって」

「そうでしたか。ありがとうございます。どうぞ、お待たせしました」

ぎこちなく笑《え》んで、百瀬の前にジョッキを置く。百瀬は嬉しそうに頬を緩《ゆる》めると、早速ビールをあおった。

生地と材料をカップに入れつつ、あー、旨い、とつぶやいた百瀬の様子を窺《うかが》う。目の下にうっすらと隈《くま》が浮いている。顔色もあまり良くない。疲れているらしい。

わざわざこんな寒い雨の日に来《こ》んでも、うちに帰ってゆっくりしたらええのに。

ていうかこの人、何で俺の前に座るねん。

一番奥の席が気に入っていたのではなかったのか。ただ単に空いていたから座っただけで、本当は真ん中に座りたかったのだろうか。

翔大の視線に気付いたのか、百瀬はニッコリと笑った。

「今日は朝からずっと雨降ってんな」

「そうですね」

「お兄さんは雨好き?」

「好きなとこもあるし、嫌いなとこもあります」

「そうなんや。どういうとこが好き?」

そうですね、と翔大はカップの中身をスプーンで混ぜながら首を傾げた。天気の話題はどう答えても当たりさわりがない。自分が思っていることをそのまま答えてもいいだろう。

「安心して出かけられるとこ、ですかね」

「安心て何が」

「晴れてると、出かけとっても今日は洗濯物《せんたくもん》とか布団《ふとん》を干せたのにとか、部屋の空気の入れ替えができたのにとか思てしまうんで。雨やとうちにおってもそういう家事はできんから、安心して出かけられます」

百瀬はゆっくり瞬《まばた》きをした。まじまじと見つめられるのがわかる。

「えーと、そしたらお兄さんは、家事を気にせんと出かけられるから、雨の日が好きってこと?」

「そうです」

「そしたら嫌いなとこは？」

「雨やと洗濯物《もん》が乾かんし、布団も干せん。それが嫌です」

鉄板に油を引きながら淡々《たんたん》と言うと、百瀬がふいに噴き出した。気が付けば、両脇《りょうわき》にいる本多と津久井も肩を震わせている。

そこまで笑われるようなこと言うたか？

疑問が顔に出たわけではないはずなのに、ごめんごめん、と百瀬はやはり笑いを含んだ声で謝った。

「好きな理由も嫌いな理由も、家事基準なんや」

「まあ、そうですね」

本当のことだから仕方がない。

これからの世の中、男でも家事ができないと婿《むこ》の貰《もら》い手がないと考えた母親は、翔大たち三兄弟に掃除洗濯炊事裁縫《さいほう》を仕込んだ。

どれが得意というわけではなく、翔大は家事全般が押しなべて好きだ。平日は職場でお好み焼きを焼き、休日にのんびりと溜《た》まっていた家事を済ませる。それだけで満たされる。社会人になって三年目に初めてできた同い年の恋人には、地味すぎてつまらないと半年も経たずにふられてしまった。

「お兄さん見た感じ硬派やから、そういうのを気にするて思わんかったわ」

ニコニコと笑う百瀬に、はあ、と翔大は曖昧《あいまい》な返事をした。

この人も硬派とか思てはったんか……。

たとえ硬派でも、洗濯や掃除をしないで生きていける人間はいないと思うのだが。

「まあでも、清潔にしとかんと悪い病気に罹《かか》るて昔から言うし。それにお日さんに干した布団はふかふかしてええ匂いがして、めっちゃ気持ちええよなあ」

どこかうっとりした口調でつぶやいた百瀬は、それきり黙ってしまった。いつもならすかさず次の話題をふってくるのに珍しい。

不思議に思ったが、話すより焼く方が先だ。翔大は鉄板の上に混ぜ終えた生地を落とした。ジュー！　と食欲をそそる音があがる。表面をコテで軽く整えて豚肉を載せてから、翔大はようやく百瀬を見遣った。

彼は穏《おだ》やかな笑みを浮かべて翔大の手元を眺めていた。もともと個性的な二枚目だが、改めて見ると本当に雰囲気のある男だ。疲れているからだろう、目許《めもと》に憂《うれ》いが滲《にじ》んでいるせいで映画のワンシーンを思わせる。

ほんま男前や。

感心しながらお好み焼きに視線を戻すと、百瀬がゆっくり息を吐いた。そしてこちらをまっすぐに見上げてくる。

「なんか和《なご》んだわ。ありがとう」

切れ長の双眸が優しく細められたのが視界の端に映った。なぜかドキッと心臓が跳ねる。

百瀬さんのこういう顔、初めて見る。

店でも明るく振る舞う百瀬を、テレビで観るんと同じやなと思ってきた。

しかし今の表情は、画面で見るよりずっと柔らかくて温かい。人間味があって、より親しみが湧《わ》く。

「自分のことを話しただけなんで」

不思議と緊張が解《と》けてきたのを感じつつ応じる。

うん、と百瀬は相づちを打った。なんだかひどく嬉しそうだ。

「明日は晴れるとええな」

明日は定休日ではない。仕事が深夜に及ぶから、たとえ晴れても洗濯物をベランダに干すことはできない。

それでも翔大ははいと頷いて、お好み焼きをひっくり返した。なんとなく、晴れた方が百瀬が喜ぶ気がしたのだ。

俺は晴れでも雨でもどっちでもええけど、百瀬さんが嬉しい方がええ。

週に一度の定休日に翔大《しょうだい》が向かったのは、マンションから少し離れた場所にある大型のホームセンターだった。よく使う柔軟剤《じゅうなんざい》が安いとネット広告に出ていたのだ。

東京に引っ越してきてから、ネットで特売の情報を探したのが初めてなら、近所にある小さなスーパーマーケット以外の店へ出かけるのも初めてである。

青く晴れ渡った空の下、ペダルを漕《こ》ぐ足は軽快だ。頬にあたる風は冷たいが、ほどよく乾いていて快《こころよ》い。なんとなく前向きな気分になっているのは、狭《せま》いベランダに洗濯物《せんたくもの》を干してきたからだけではなく、三日前に百瀬《ももせ》と話したせいだ。

雨の日の憂鬱《ゆううつ》を説明した後、百瀬に問われるまま話したのはほとんど翔大のことだった。大学時代から『まさとら』でバイトをしていたことや、東京店へ異動になるまでずっと大阪で暮らしていたこと等々、他愛《たわい》ない話ばかりだったが、百瀬は楽しそうに相づちを打ってくれた。

いつもより口数が多くなったのは、もちろん百瀬がうまく話を誘導してくれたせいもある。一方で、翔大が自《みずか》ら話そうとしたことも大きかった。自分の話で百瀬がもっと和《なご》んでくれたらと思ったのだ。

人気があって仕事も順調な百瀬さんでも、しんどいことがある。

しかしマスコミを通じて見る彼に疲れた様子は欠片《かけら》もない。素直に凄《すご》いと思った。

今度百瀬が来ても、場所を換《か》わらないでおくつもりだ。もっとも、次は翔大の前に座らないかもしれないが。

……ちょっと残念な気もする。

ようやく百瀬に慣れてきた己《おのれ》の現金《げんきん》な思考に苦笑しつつ、翔大は自転車をとめた。目の前の信号は赤になったところだ。

「こんにちは」

ふいに背後からポンと肩を叩かれ、驚いて振り返る。横にとまった自転車に乗っていたのは、ニット帽を目深《まぶか》にかぶった長身の男――百瀬だった。あ、と思わず声をあげる。

百瀬は店で笑いかけてくるのと全く同じ笑顔を翔大に向けた。薄手のジャンパーにデニムのパンツという軽装《けいそう》の翔大を、ちゃんと『まさとら』の店員だとわかって声をかけてきたようだ。

慌てて頭を下げる。

「どうも。こんにちは」

「偶然やな。うち、この近く?」

「いえ、うちはちょっと遠いんですけど。買い物に行く途中で」

「そうか、今日定休日やったな。晴れてるし、洗濯物《もん》干してきた?」

はいと頷くと、百瀬は楽しげに笑う。

「僕も今日は久々にベランダに洗濯物《もん》干してきてん」

そうですか、と翔大は頷いた。顔に驚いた表情はほとんど出ていないだろうが、心臓はバクバクと波打っている。

びっくりした。こんな道で百瀬さんに会うて、東京てやっぱり怖い。

ごく普通の自転車に乗っている翔大と違い、百瀬は洗練されたデザインの自転車に乗っている。交通手段として使っているのではなく、サイクリングを楽しんでいるのだろう。

さすが芸能人、と感心していると、百瀬は店で話しかけるのと同じように気さくに尋ねてきた。

「買い物て何買いに行くんや」

「食材と柔軟剤を」

「柔軟剤かー。僕も一緒に行ってもええ?」

ニッコリと笑った百瀬に、翔大は瞬きをした。

「お仕事は」

「今、仕事中のような休憩《きゅうけい》中のような、どっちでもアリな感じやから」

「歌を作ってはるんですね」

翔大の言葉に、百瀬はわずかに目を見開いた後、嬉しそうに微笑んだ。

「知っててくれるんや」

百瀬は歌を作るとき、部屋に籠《こも》るのではなく、散歩やサイクリングに出ることが多いという。その方が自然に歌詞やメロディが浮かぶらしいと、母と兄嫁が言っていた。

「お忙しいんやったら、無理しはらんでも」

「忙しいても暇やっても、降ってくるときは降ってくるし、降ってこんときは降ってこんねん。今日は降ってこんみたいやから、もう休憩にするわ。せやからお兄さんと買い物行きたいんやけど、あかんか？」

翔大は呆気《あっけ》にとられて百瀬を見つめた。よく見てみると、三日前には確かに滲《にじ》んでいた疲れが、今はきれいになくなっている。

ああ、よかった。

ほっと息をついてから、いやいや、と己にツッこむ。安心している場合ではない。

「俺、高級なとこと違《ちご》て普通のホームセンターに、特売の柔軟剤買いに行くんですけど。そんでもええですか？」

うんと躊躇《ちゅうちょ》なく頷いた百瀬だったが、ふいに表情を曇《くも》らせる。

「でもお兄さんが僕と一緒に行くのが嫌やったら、おとなしい帰るけど」

「いえ、それはええんですけど」

自転車に乗って特売の柔軟剤買いに行く超有名芸能人てどないやねん……。

や、でもこの人かて人間や。

芸能人が特売の柔軟剤を買ってはダメという決まりなどない。

「そしたら行こか」

「はい」

ごく自然に促されて自転車のペダルを踏もうとすると、あ、ちょっと待った、とその百瀬に制止された。個性的な面立《おもだ》ちに、ニッコリと人懐《ひとなつ》っこい笑みが浮かぶ。

「名前、聞いてもええかな」

そういえば、こちらは百瀬の名前を知っているが、百瀬は『まさとら』の従業員としての翔大しか知らないのだ。

「篠倉《しのくら》翔大です」

軽く頭を下げて名乗ると、今度は百瀬がゆっくり瞬《まばた》きをした。まじまじと穴が開くほど見つめられ、思わず顎《あご》を引く。

何やろ。俺の名前、そんなにおかしいか？

「ひょっとして、お兄さんの名前は篠倉雄大《ゆうだい》さん？」

「はい。そうですけど」

思いがけず二つ年上の次兄《じけい》の名前が出てきて戸惑いつつ頷くと、百瀬は一瞬、ひどく困ったような顔をした。

初めて見るその表情に、少し驚く。三日前にテレビではお目にかかれない柔らかな笑顔を見たが、それ以外のときでも、『まさとら』での百瀬は基本、笑みを浮かべていた。笑顔でない彼は見たことがなかった。

しかし百瀬はすぐ、笑みで困惑の色を消す。

「お兄さんにはお世話になってます」

長身を折り曲げるようにしてペコリと頭を下げられ、あ、と翔大は心の内で声をあげた。

そういうたら雄兄《ゆうにい》、芸能事務所で働いてるんやった。

事務所の名前は『勝木《かつき》プロダクション』――通称カツプロだったと記憶している。

「百瀬さん、カツプロの所属でしたっけ」

「うん、そう」

「兄をご存じなんですね」

「最近はなかなか会う機会ないけどな。篠倉君、鷲津映一《わしづえいいち》の現場マネージャーやから、映一とドラマが一緒のときはしょっちゅう顔合わせてたんや」

鷲津映一といえば、今現在は活動を休止しているアイドルグループ『ソルト』の一員だ。ここ数年は、若手の実力派俳優として名前を聞く機会が多い。

雄兄、そんな有名人のマネージャーやってるんか……。

転職したとは聞いていたが、仕事の内容までは知らなかった。東京店へ異動になったとメールで報告したときも、困ったことがあったらいつでも連絡しろと返信がきただけで、自分の近況については一切《いっさい》触れていなかった。自慢や吹聴《ふいちょう》をしないあたり、子供の頃から周囲が驚くことを平然とやってのけていた次兄らしい。

「こちらこそ、兄がお世話になってます」

慌てて頭を下げると、いやいやいや、と百瀬は手を振った。

「僕は何もしてへん。だいたい、篠倉君にお世話されてんのは映一やしな。今時あんだけ気がまわるマネージャーは珍しい。篠倉君についてもらえて、映一は幸せもんや」

兄を褒《ほ》められて嬉しくなったものの、百瀬の瞳にほんの一瞬だけ寂しげな色が浮かんだ気がして、翔大は目を凝《こ》らした。

やっぱり店の中とは違う。

外ではいろいろな表情が見られる。

「いやー、まさか篠倉君の弟さんやとは思わんかったわ。びっくりした」

気を取り直したように言われて、翔大は苦笑した。

「俺と雄兄は似てませんから」

「見た目は確かに似てへんな。けど、雰囲気は似たとこあるで」

百瀬の言葉に、え、と思わず声をあげる。たとえ雰囲気でも、次兄と似ていると言われるのは初めてだ。冗談かと思ったが、そうではないらしい。百瀬は感心したような目を向けてくる。

「二人とも、なんかほっとする雰囲気を持ってるやろ。一緒におると安心するみたいな」

「……そんなん言われたん初めてです」

「え、そう？　僕は似てる思うけど」

百瀬が首を傾《かし》げたそのとき、きゃあ、と向かい側の歩道から黄色い声が聞こえてきた。

反射的に声がした方を見遣ると、百瀬に気付いたらしい若い女性がスマートフォンにかじりついている。百瀬が目の前にいることを誰かに伝えているか、ツイッターで呟いているかどちらかだろう。

それなりに長い時間立ち話をしていたと気付いて、翔大は焦った。いくら東京とはいえ、皆が皆、百瀬に知らないふりをしてくれるわけではない。こんな公道でファンに囲まれては、百瀬はゆっくり休めない。

「行きましょう」

目の前の信号が青であることを確かめて促《うなが》すと、百瀬はうんと嬉しそうに頷いた。

先に自転車を進めた翔大の後を、彼は当然のようについてくる。漕ぎ出したペダルがマンションを出たときよりも軽く感じられて、翔大は驚いた。

百瀬統也と一緒に買い物できるんが、俺はそんなに嬉しいんか。

三日前のやりとりで百瀬に親しみを持ったことは事実だが、そこまで自分はミーハーだっただろうか？

よくわからなかったけれど、柄《がら》にもなく浮いた気分になっていることは確かだった。

ホームセンターへ着いた翔大と百瀬は、まず柔軟剤の売り場へ直行した。平日の昼間であるせいか、それほど客は多くない。百瀬統也がこんなところにいるはずがないという思い込みもあるのだろう、幸いにも彼に気付く者はいなかった。

お一人様二つまでと記《しる》されたプレートに従い、翔大は目当ての特売品を二個、カートに入れた。すると、百瀬も二個カートに入れる。

「二個も買わんでも」

思わず言うと、百瀬はきょとんとした。

「けど一人二個買えるんやろ。せっかく安いんやから二個買わんと損や」

所帯じみたことを言う百瀬に、はあと翔大は気の抜けた声で応じた。一年で億は稼《かせ》いでいるだろう男の言葉とは思えない。

翔大の考えていることがわかったのか、百瀬は苦笑いした。

「僕、二十歳でデビューしてから八年ぐらい、ずーっと売れへんミュージシャン兼俳優やったんや。その頃はようチラシ見て特売品買いに行っとった」

はあ、と翔大はまた気の抜けた声で応じた。百瀬に売れない時代があったことは知っているが、そのときの感覚を今も持ち続けているとは思っていなかった。

意外やけど、俺はそういうの好きや。

「あ、今はそこそこ売れてるくせにケチやなあとか思《おも》た？」

悪戯《いたずら》っぽく問われ、慌てて首を横に振る。その仕種《しぐさ》を見て、百瀬は大らかに笑った。

「僕な、夢があるんや。その夢のために資金を貯めてんねん。お金はもちろん使うときは使うけど、締《し》めるとこは締めるで」

「夢、ですか」

ミュージシャンで俳優でタレント。どの分野でも第一線で活躍し続けている百瀬は、それらを目指す人たちから見れば、最も理想的な形で夢を叶えた後の姿だ。それなのに、まだ夢があるとは驚きだった。

「凄いですね」

思ったことをそのまま口にすると、百瀬は首を傾げる。

「うん？　何が？」

「俺は夢てないから。このままずっとお好み焼きを焼く仕事ができたらええなあって思うくらいで。あと、休みの日にゆっくり家事ができたらええです」

やはり本当のことを言っただけだったが、百瀬は大きく瞬きをした。が、すぐに笑い出す。

「しょうだい君、ええわ。おもろい」

いきなり名前を呼ばれ、翔大は面食《めんく》らった。百瀬を見上げると、彼は笑いながら見下ろしてくる。切れ長の双眸《そうぼう》は、テレビで観《み》るよりずっと優しい。

「それも立派な夢やと思うけどな。ちなみに僕も大きい夢とは別に、ちっちゃい夢も持ってるで」

「そうなんですか」

「そうなんですよ。せっかくホームセンターに来たことやし、しょうだい君、僕のちっちゃい夢にちょっと付《つ》き合《お》うて」

ニッコリ笑った百瀬は、こっちこっち、という風に手招きした。カートを押して歩き出した彼に従《したが》ったのは、ほとんど無意識だ。

また翔大君て呼ばれた……。

次兄を篠倉君と呼んでいるから、区別するために名前を呼んでいるだけなのだろう。それでもテレビやラジオでよく耳にする彼の声で名前を呼ばれるのは、なんだか無性に照れくさい。

カートを押した百瀬は翔大の戸惑いに気付いているのかいないのか、軽快な足取りで進む。背中から見ても、広い肩幅に比べて小さな頭や高い位置にある腰、長い脚は目を引く。

「なあ、しょうだいてどういう漢字書くんや」

ふいに肩越しに振り返った百瀬に問われ、内心ではかなり動揺しながら翔大は答えた。

「……飛翔《ひしょう》の翔に、大きい、です」

自分でも名前負けしていると思っているので、自然と小さな声になってしまう。しかし百瀬の耳にはちゃんと届いたらしい。大きく翔《と》ぶ、とつぶやく声が聞こえてきた。

「カッコエエ名前やなあ」

「本人地味やのに名前だけはスケールがでかいて、よう言われます」

もはや自虐《じぎゃく》ネタとして定番になっている内容に、ハハ、と百瀬は笑ってくれた。

「地味やからスケールが小さいってことはないやろ」

「地味だけやないんです。この前にも言いましたけど、東京店に異動になるまで、ずっと大阪でしか暮らしたことなかったし」

「生活の範囲が狭いからって、スケールが小さいとも思えんけどなあ。要は中身や、中身」

せやから、その中身が地味なんです。——とは思ったものの口には出さなかった。百瀬はクリエイターだ。一口に中身と言っても、翔大にはわからない何かを指しているのかもしれない。

それに、百瀬が元気づけようとしてくれていることは伝わってきた。彼のその気持ちだけで充分だ。

「はい、到着」

百瀬が足を止めたのは、植物の種や苗《なえ》を売っているコーナーだった。

「僕のちっちゃい夢のひとつが、ベランダで野菜を育てることやねん。プチトマトとかキュウリとか、パパッともいでサラダとかにしたら旨《うま》そうやろ。仕事で長いことうち空《あ》けるときがあるから、なかなか実現できんのやけどな。そういう意味では小さいどころか大きい夢かもしれん」

愛《いと》しげに種の袋を手にとる百瀬に倣《なら》い、翔大もズラリと並ぶ種を眺めた。植物を育てることに興味がなかったので、このコーナーに足を運ぶのは初めてだ。思ったよりたくさん種類があって、少し驚く。

そういえば百瀬は料理も得意だった。自分の番組で料理のコーナーも持っていたはずだ。去年発売されたレシピ本はベストセラーになっていた。

そんで花と違《ちご》て野菜か。

「いろいろありますね」

「せやな。翔大君、食べてみたいのある？」

「ソラマメとか」

青々としたマメの写真が目について、翔大は袋を手にとった。おお、と百瀬は嬉しそうな声をあげる。

「ソラマメええなあ。サッと塩で茹《ゆ》でたのをツマミにビールとか最高やね。あと僕、ソラマメご飯も好きや」

「俺もソラマメご飯好きです。エビとかタマネギと一緒に、掻《か》き揚《あ》げにしても美味《おい》しいですよね」

「うん、掻き揚げも旨《うま》いな。あー、めっちゃ育てたなってきたー」

軽く足踏みをする百瀬に微笑《ほほえ》ましい気持ちになりながら、ソラマメの種の袋に書いてある説明を読む。莢《さや》が空に向かって生《な》るから「空豆」というらしい。十月から十一月——ちょうど今頃に植えると、初夏に実が生って食べられるようだ。

初夏に食べる野菜やから当たり前やけど、ソラマメて冬に育つんや。

「そんで空向くんかな」

ぽつりとつぶやくと、ん？　と百瀬が首を傾げる。独り言を聞きとがめられ、翔大は慌てた。

「や、あの、ソラマメて冬に育つみたいやから、空向くんかなと思《おも》て」

百瀬はゆっくり瞬きをする。

あかん。言葉が足りてへん。

「ここに、ソラマメて莢が空向いて生るて書いてるんです。寒いときに芽が出るみたいやから、暖《あった》こうなっても日の光に当たりたい気持ちが強うて、空向くんかなと思て」

百瀬には淡々と話しているように見えているだろうが、内心ではかなり焦《あせ》りつつ、どうにかこうにか説明を重ねる。

ああ、と百瀬はようやく納得した顔になった。かと思うと、まるで新しい発見でもしたかのようにまじまじと見つめてくる。

あ、こんな顔も初めて見るかも。

このまま眺めていたら、もっと別の顔も見られるかもしれない。

我知らずじっと見返すと、百瀬は小さく息を吐いた。

「翔大君、おもしろいなあ」

「何がですか」

「いろいろ全部。——うん。ソラマメ。ソラマメ。ソラマメか」

呪文《じゅもん》のようにくり返した百瀬は、やがてニッコリと笑った。

「ありがとう」

「何がですか」

「いろいろや」

意味がわからなくて首を傾げた翔大に、百瀬は笑みを浮かべた。先ほどとはまた異なる、ひどく柔らかな優しい笑みだ。

ドキ、とふいに心臓が跳ねた。

画面で観るより、ずっとええ顔や。

「なあ、翔大君。今回だけやのうて、また店の外でも僕と会《お》うてくれるか？」

「何でですか」

先ほどから同じような受け答えばかりしているとわかっていたが、他に言葉が出てこなかった。礼を言われる筋合《すじあ》いはないし、店の外で会う理由もわからない。それに、ひどく優しい笑みを向けられる意味もわからない。

翔大が困っていることに気付いたのか、百瀬は大らかに笑った。

「要するに、僕とトモダチになってくださいってことや」

バッグに入れておいた携帯電話が震える音がして、翔大は賄《まかな》いのヤキソバを食べる手を止めた。スタッフルームはそれほど広くない。椅子のすぐ後ろにある自分のロッカーを開け、携帯電話を取り出す。表示されていたのは百瀬の名前だった。

今、収録の合間の休憩中です。朝からぶっ続けやから眠い……。前は二日連続徹夜でも平気やったのに、トシでしょうか。今日は行けそうにないけど明日にはたぶん行ける思うから、旨い豚玉《ぶたたま》焼いてな。

他愛ない内容だったが、軽薄《けいはく》にならない程度に絵文字が入った文章に翔大は頬を緩《ゆる》めた。

十日ほど前、百瀬と一緒にホームセンターで買い物をした帰りに携帯の番号とメールアドレスを交換した。よろしくお願いしますと頭を下げると、こちらこそよろしくお願いしますと百瀬も律儀《りちぎ》に頭を下げた。それ以来、こうして日に一度はメールが届く。店にも二度来てくれた。二度とも翔大の前に腰かけ、翔大が焼いたお好み焼きを食べた。

お好み焼きを作っている間に話す内容は、以前とほとんど変わらない。他愛ない世間話ばかりだ。しかし、また来るわー、と言い置いて帰っていく百瀬の顔には、以前より親しみの増した笑みが浮かんでいた。その笑みが翔大の心をじんわりと温めてくれたことは間違いない。二十八歳にもなって、新しい友達ができて浮かれる自分に驚いた。

芸能人だからと偉ぶったりしない百瀬の態度は、友達になっても少しも変わらなかった。それどころか、交流を重ねれば重ねるほど親しみが湧《わ》く。この前買《こ》うた柔軟剤を使ってみました、という身近な出来事から、おもしろかったことやちょっと困ったこと等、百瀬の日常がほんの少し垣間《かいま》見えるメールは、彼が自分と同じ一人の人間だと教えてくれる。ここ数日は、百瀬からのメールを心待ちにしている自分がいて、何度も携帯電話を確認してしまった。

次に来てくれはったら、とびきり旨いお好み焼き焼かんとな。

お疲れ様です、と文字を打ったところで、ドアがノックされた。はい、と応じて慌てて携帯電話を閉じる。

「お疲れ～」

ヤキソバ片手にのんびりと入ってきたのは、大阪から様子を見にやってきた社長の新田《にった》だった。

スリムな体型といい、眼鏡をかけた柔和《にゅうわ》な面立ちといい、とても四十代半《なか》ばには見えない。一見したところ優しげで、やり手の実業家とは思えない風貌《ふうぼう》だが、彼こそが一代で『まさとら』を築《きず》いた経営者だ。

「お疲れ様です。お先にいただいてます」

「おう、お疲れお疲れ」

どっこいせーという気の抜けた掛け声と共に、社長は翔大の横に腰かけた。

この人は威圧感があるんかないんか、ようわからん……。

普段の社長には、まるで幼い頃からかわいがってくれている親戚の叔父さんのような気安さがある。社長と話していて、悩みごとや愚痴《ぐち》をついポロリとこぼしてしまった同僚を何人も知っている。

一方で、目を合わせられないほど怖いと感じるときがあるのも事実だ。特に自分に甘く、言い訳ばかりしている者に対しては容赦《ようしゃ》なく叱責《しっせき》する。幸《さいわ》い翔大に叱《しか》られた経験はないが、口調は静かなのに目はやけに鋭《するど》くて、見ているだけで身がすくんだ。

「どうや、慣れたか東京」

のほほんと問われて、翔大は頷いた。今の社長は、まさに親戚の叔父さんだ。

「なんとかやってます」

「そうか。芸能界の人もけっこう来てくれてはるらしいけど、大丈夫か?」

「あ、はい。慣れるようにがんばってます。店長と津久井《つくい》がフォローしてくれるんで、助かってます」

「そうかそうか。そらよかった」

目を細めて頷いた社長は、いただきまーすと手を合わせてヤキソバを食べ始めた。翔大も途中だった食事を再開する。

「百瀬統也《とうや》は篠倉の前にしか座らんらしいな」

いきなり言われて、ヤキソバが喉《のど》につまった。ごほごほと咳《せ》き込《こ》むと、社長が背中を撫《な》でてくれる。

「おいおい、大丈夫か」

「う……、はい……、すんません……」

「本多《ほんだ》は、今から思うと二回目からは確実に篠倉が目当てでしたね、て言うてたし、津久井も、百瀬さんはうちのお好み焼きが食べたいっていうよりシノさんと話したいんですよー、て言うとったぞ」

社長、モノマネうまいな……。

そんなどうでもいいことに感心しながらも、脳裏《のうり》に浮かんだのは百瀬の顔だった。

確かに友達になる前から、彼は翔大の前にだけ腰かけていた。ラストオーダーぎりぎりにやって来たときなど、他に席が空《あ》いていたにもかかわらず、翔大の前に座った。

やはり友達になりたかったからだろうか？

けど、何で俺とトモダチになりたかったんや。

その点は今も謎だ。百瀬は翔大君といるとほっとすると言ってくれたけれど、無愛想《ぶあいそう》で気のきいた言葉ひとつかけられない自分が、そんな上等な人間だとは思えない。

「まあ百瀬君はあんだけオトコマエでめっちゃ売れとっても、思いやりがあって常識もある人らしいからな。その点は安心や。篠倉も真面目できちんとしてるし、固いことは言わん。ええお付き合いをしてください」

どうやら社長は、翔大が百瀬とプライベートで親しくしていることを知っているらしい。客と個人的に付き合ってはいけないという規則はないので、悪いことをしているわけではないけれど。

何で知ってはるんや。それにプライベートの百瀬さんが思いやりがあって常識があるて、何でそんなことわかるねん。

恐る恐る隣《となり》を見遣《みや》ると、社長はニッコリと笑った。

「百瀬君のことは信頼できる奴に聞いた話やから、大丈夫やで」

何がどう大丈夫なんですか……。

疑問に思ったが、なんとなく怖くて聞けなかった。そういえば社長の弟は日本のプロ野球界のみならず、アメリカの大リーグでも活躍した有名な選手だ。日本に戻ってきた今現在も一軍で活躍しており、複数の芸能人とも親交があるらしい。きっと弟との関係で、芸能人とも付き合いがあるのだろう。

そう結論づけて息を吐いていると、ブブブ、と手元の携帯電話がまた震えた。表示されたのは、まさに今話題に上っている百瀬の名前だ。まだ返信していないのに、二通目が届いたらしい。思わず電話をズボンのポケットに突っ込む。

ふふ、と社長が笑う気配がした。

「かーわいいなあ、篠倉」

「は……?」

「いやいや、けっこうけっこう。覗いたりせんからメール見てみー。そんで早《は》よ返信したげー。待ってはるで、きっと」

ほっほっと今度は妙に年寄りじみた笑い方をした社長に、はあと翔大は頷いた。しかし社長の前でメールを開くのは憚《はばか》られ、携帯電話を取り出すことはせずにヤキソバを食べ始める。

するとと当の社長はまた笑った。

「いやいや、けっこうけっこう」

翌日、ラストオーダーの時間になっても百瀬《ももせ》は現れなかった。昼間に、もしかしたら行くの無理かもしれんとメールがきていたから、何かの事情で急に忙しくなったのだろう。

俺らみたいに、はっきり時間が決まってる仕事やないもんな。

そうは思うものの、ラストオーダーの時間ぎりぎりまで店の扉《とびら》を気にしていた翔大《しょうだい》は、がっかりしてしまった。同時に、がっかりした自分に驚いた。百瀬は行けないかもしれないとわざわざ連絡をくれたのだ。来ない可能性が高いことは最初からわかっていた。それなのに、こんなに落ち込むなんて。

俺、百瀬さんと会えるんを物凄《ものすご》い楽しみにしてたんや……。

「どうした篠倉《しのくら》、疲れたか」

本多《ほんだ》に声をかけられ、いえ、と翔大は首を横に振った。着替えを終えると同時に落としたため息の音を聞きつけられたらしい。

「大丈夫です」

「そうか？　今日も忙しかったからなあ。帰ってゆっくり休め」

「風邪《かぜ》、流行《はや》ってるみたいですからね。気を付けてください」

本多だけでなく津久井《つくい》にも声をかけられ、それぞれに頷いた翔大は、また漏《も》れそうになったため息を慌ててかみ殺した。共に働く彼らに心配をかけるのは本意ではない。

本多と津久井と連れ立ってビルの外へ出ると、冷たい風が吹きつけてきた。さむっ！　と三人同時に首をすくめる。

「そしたらシノさん、お疲れですー」

「お疲れ、篠倉。また明日な」

手を振る二人に、お疲れさんですと返した翔大は、街灯に照らされた道を歩き出した。翔大が住むマンションは、彼らとは逆の方向にあるのだ。

大都会東京とはいえ、ここは繁華街《はんかがい》のはずれだ。しかも時刻は深夜。ぽつぽつと人通りはあるものの、辺りは閑散《かんさん》としている。頰に突き刺さる風の冷たさに寂寥《せきりょう》感を煽《あお》られ、翔大はもう何度目かわからないため息をついた。

百瀬に会えなかっただけでこんなに暗い気持ちになるなんて、自分は知り合いもいない東京へ来て、相当寂しかったのだろうか。

や、けど大阪におったときかて、そんな頻繁《ひんぱん》にツレと会《お》うてたわけやなかった。

学生の頃はともかく社会人になってからは、土日が休みの友人たちと定休日が平日の翔大では、そもそも一緒に遊ぶ時間がない。仕事が終わるのも深夜に近くなるから、会社帰りに一杯、というわけにもいかない。ごくたまに飲みに行くくらいで、ほとんど会っていなかった。

そんでも別に、寂しいとかは思わんかった。

「何でやろ」

つぶやいたそのとき、後ろで車のクラクションが鳴った。驚いて振り返ると、キャメル色のジープ型の車が寄ってくる。

反射的に身構えた翔大の前で、助手席の窓が開いた。見えたのは二枚目の枠《わく》にとらわれない、個性的な面立《おもだ》ちだ。

「百瀬さん！」

思わず勢いよく呼ぶと、百瀬は驚いたように目を丸くした。が、すぐに破顔《はがん》する。

「こんばんは。びっくりさしてごめんな」

「いえ。お仕事は」

「今までかかってしもてん。ぎりぎり行けるかもしれん思て急いで来たんやけど、結局間に合わんかった。翔大君のお好みが食えんかって残念や」

助手席に身を乗り出したまま、百瀬は眉《まゆ》を八の字に寄せる。

胸を蝕《むしば》んでいた寂しさが跡形《あとかた》もなく消し飛んだのを感じつつ、翔大は微笑《ほほえ》んだ。

「今度また来てください」

「ん、ありがとう。送ってくし乗って」

笑顔で誘われ、え、と翔大は声をあげてしまった。

「や、歩いて十分くらいなんで」

「せっかくここまで来たんやし、ついでや。ほら、乗って乗って」

更に手招きされたものの、翔大は迷った。

疲れてはるやろうに送ってもらうて……。

どうすればいいかわからなくて意味もなく周囲を見まわしていると、ビュ、と音をたてて風が吹きつけてきた。外にいた翔大はもちろん、窓を開けていた百瀬も首をすくめる。

あかん。百瀬さんが風邪ひいてまう。

「そしたら、お言葉に甘えます」

頭を下げてから、素早く助手席のドアを開ける。すると、どうぞどうぞと百瀬が応じてくれた。その声が嬉しそうで、こちらも嬉しくなる。

「すんません、お願いします」

もう一度頭を下げて助手席に腰かけると同時に、暖かな空気が体を包んだ。思わずほっとため息が漏れる。

「今日も忙しかったみたいやなあ。お疲れさん」

「いえ、俺は別に。百瀬さんこそ、遅《おそ》うまでお疲れさんです」

「いやいや。お好みは食えんかったけど、翔大君の顔見れたから疲れも吹っ飛んだ」

耳に快《こころよ》い低いトーンで紡《つむ》がれた百瀬の言葉にどう反応していいかわからず、シートベルトを締めていた翔大は固まってしまった。嬉しいけれど、なんだかそわそわするような、妙な感じだ。

一方の百瀬もシートベルトを締め、ニコニコと笑う。

「そしたら車出しますー。翔大君、ナビよろしく」

「あ、はい。この道をまっすぐ行ってください」

「了解。ずっとスタジオにおったからわからんかったけど、今日寒いなあ」

「そうですね」

頷いた翔大は、覚えのある香りが鼻先をかすめたのを感じた。サイドブレーキを下げた百瀬から、ふわりと優しい香りが漂《ただよ》ったのだ。一緒に買いに行った柔軟剤《じゅうなんざい》の香りだ。ほんまにあれ使《つこ》て洗濯《せんたく》しはったんや。

「ん？　どした」

ふいに問われて、え、と声をあげる。

百瀬はちらとこちらを見遣《みや》る。

「なんかええことあった？」

「柔軟剤の香りが」

「ああ、このTシャツ洗うときに使《つこ》たんや。ええ香りやなあ、これ。スタッフにも好評やってんけど、むっさいオッサンにまでくんくん匂い嗅《か》がれてえらい目に遭《お》うた」

もともとの嬉しい気分も手伝って、ハハ、と翔大は声に出して笑ってしまった。百瀬も笑う。

「買《こ》うてよかったわ。翔大君のおかげや」

「そんな大袈裟《おおげさ》な。あ、そこの角を左です」

左やなと応じて、百瀬はウィンカーを出す。

ゆったりとした作りの座席のせいか、それとも暖房がよくきいているせいか。あるいは、百瀬が隣にいるせいか。ひどく居心地が良い。

もうちょっと店から遠いとこにマンション借りたらよかった。

このままだとすぐに着いてしまう。

残念に思っていると、百瀬が明るい口調で話し始めた。

「来週、二日連続で休みがとれてん。二日のうちの一日が、まさとらの定休日なんや」

「そうなんですか」

「そうなんですよ。そんで翔大君の予定が空《あ》いてたら、なんやけど、うちに昼飯食いに来《け》ぇへんか？」

何でもないことのように提案されて、翔大は瞬《まばた》きをした。

なんぼトモダチでも、まだ親しいなってそんな経《た》ってへん俺を家に呼ぶて。

運転席の百瀬を見遣ると、彼は一瞬だけ横目でこちらを見た。鋭《するど》いラインを描く頰に浮かんだのは柔らかな笑みだ。

「実はなあ、僕、歌の仕事では一年くらい前からずっとスランプやってん。どんだけ散歩しても自転車乗っても、歌詞もメロディも降ってこん。真っ白や。けどアルバムの制作はがっつりスケジュールに組み込まれてる。こんなんデビューしてから初めてやった。どんどん日は迫《せま》るのにほんまに何も湧《わ》いてこんし、正直どうしようて焦《あせ》っとったんや」

静かな口調を、翔大は黙って聞いていた。そんなプライベートなことを俺に話してええんか、と恐縮《きょうしゅく》する一方で、話してくれて嬉しいとも思う。

百瀬の苦悩を知る者は、それほど多くはあるまい。事実、彼の特集が組まれた雑誌を何冊か読んだが、スランプだなんてどこにも書かれていなかった。それを打ち明けたということは、百瀬は翔大に心を許してくれているのだろう。

「まさとらがオープンして翔大君と話すようになってから調子が戻ってきたんや。前にラストオーダーギリギリに店に行ったときがあったやろ。あのときに翔大君と喋ってから、スランプやったんが嘘みたいに自然と曲ができてきた。翔大君のおかげやと思う」

「そんな。俺は何もしてません」

思いがけない方向に話が転がって、翔大は慌てて手を横に振った。ただ、他愛《たわい》ない世間話やごく平凡な自分の話をしただけだ。

「いやいや、こうやって話してるだけでもほんま、ええ刺激になってるんや」

うんと頷いた百瀬は、再びちらとこちらを見た。向けられた視線は優しい。

「せやから何かお礼がしたい思《おも》て。昼飯言うたって、出てくるんは僕の手料理だけやから遠慮せんといてほしいねん」

「けど……」

「僕のわがままを聞いたる思て。頼むわ」

どこか哀願《あいがん》するような響きをもった口調に、翔大は言葉につまった。百瀬にそこまで言われては、断ることなんてできない。

「あの、そしたらお邪魔します」

ペコリと頭を下げると、百瀬はパッと顔を輝かせた。

あ、この顔初めて見る。

テレビでも映画でも、グラビアでも観《み》たことがない。

めっちゃええ顔や。ていうか、俺はめっちゃ好きや、この顔。

「嬉しい。ありがとう」

率直な物言いに、いえ、と小さく首を横に振った翔大は頬が熱くなるのを感じた。

嬉しいんはこっちや。

百瀬に誘われたことが嬉しい。――相手が有名人の百瀬統也《とうや》だから嬉しいのか？

自問した翔大は、そっと運転席を窺《うかが》った。精悍《せいかん》な印象の横顔は笑みに緩《ゆる》んでいる。やはり初めて見る上機嫌な表情だ。

「翔大君、道こっちでええんか？」

ふいに問われて、翔大は慌てて窓の外に視線を向けた。ああ、と無意識のうちに情けない声が出る。

「すんません、通りすぎてしまいました」

「え、マジで？　うわ、ごめん。僕がべらべらしゃべっとったから」

「いえ、そんな。俺こそぼーっとしてて」

「いやいや、ほんまごめんな。Uターンするより、このまま走って戻った方がええな」

ぶつぶつと言ってハンドルを切る百瀬を見つめ、翔大は結論を出した。

百瀬が有名か、有名でないかは関係ない。

今、俺の隣にいるこの人に誘われたから嬉しいんや。


自分が借りている1Kの部屋がそのまますっぽり入りそうな広さのダイニングキッチンを、翔大はおずおずと見まわした。

目につくのは広さだけではない。カウンターの向こうにあるキッチンも翔大が腰かけているテーブルセットも洗練されたデザインで、最新のモデルルームを見るようだ。空調も完璧に整えられていて、暑くもなければ寒くもない。

「ごめんなー、もうちょっと待っとってな」

キッチンに立つ百瀬に話しかけられ、はい、と翔大は返事をした。声がひっくり返らなかったのは幸《さいわ》いだ。

百瀬は翔大のマンションまでわざわざ迎えに来てくれた。車の中で話したのは、やはり他愛もない世間話だったが、それでも充分楽しかった。しかし立派なマンションが見えてきて、これがうちだと百瀬が指さしたときは、正直怯《ひる》んだ。とはいえ百瀬の車に乗っていては引き返すこともできない。

だいたい、帰るなんて言うたら百瀬さんに失礼やし。

上機嫌で車を運転する百瀬は、翔大が親しみを覚えた百瀬その人だった。どんなところに住んでいようと、彼は彼だ。

それに翔大自身、百瀬の部屋を訪《たず》ねることを楽しみにしていた。今日まで時間がすぎるのが、やけに遅く感じられた。遠足の日を心待ちにする子供のようだと、自分でも恥ずかしくなったくらいだ。

「はい、お待たせー」

ショート丈のエプロンを身につけた百瀬が、テーブルに皿を運んできた。ランチョンマットの上に次々と料理が並べられる。

きのこがたっぷり入ったかやくご飯、油揚《あぶらあ》げと豆腐《とうふ》と小松菜《こまつな》の味噌汁《みそしる》、つやつやと光る大根と豚バラの煮物、湯気《ゆげ》をたてる揚げたての海老と野菜の天ぷら、人参《にんじん》の赤が目に鮮《あざ》やかな五目豆《もくまめ》。どれも料理にぴったりの皿に盛り付けられていて美しい。

翔大も母親に仕込まれたおかげで人並みに料理ができるけれど、こんな風に他人をもてなすようには作れない。

「五目豆《ご》は作るつもりなかってんけど、ソラマメの話《はなし》したん思い出してな。豆で何か作りたなってん。さすがに今の季節にソラマメは売ってへんから大豆《だいず》を使《つこ》た」

百瀬の説明にはあと頷いた翔大は、ため息まじりに言った。

「凄いですね」

「うん？　何が？」

「全部百瀬さんが作らはったんでしょう」

「そうやけど、翔大君の口に合うかどうか。翔大君の兄弟、皆料理上手《うま》いんやろ。篠倉君も上手いて映一《えいいち》が言うとった」

悪戯《いたずら》っぽく言ってエプロンをはずした百瀬が、翔大の正面に腰かける。

映一て誰や、と疑問に思ったものの、すぐに次兄《じけい》がマネージャーをしている俳優の名前だと思い出した。

「雄兄《ゆうにい》は炒《いた》め物《もの》とか豪快《ごうかい》な料理が得意です。一番上の兄は細かい作業が得意ですね。今、育休《いくきゅう》とって双子の甥《おい》っ子《こ》の世話してるんですけど、マメに離乳食《りにゅうしょく》作ってます。会社行く奥さんの弁当も毎日作ってるみたいやし」

「そうなんや。凄いなあ。翔大君は？」

「俺が何ですか？」

きょとんとすると、百瀬は笑った。切れ長の目が優しく細められる。

「翔大君は何が得意？」

翔大は首を傾《かし》げた。百瀬から目をそらしたのは、質問の答えを考えるためだけではない。彼の眼差《まなざ》しを正面から受けとめるのが、やけに恥ずかしかったからだ。

「俺は、特別得意なもんはないです。けど、お好み焼きを焼くんは好きですね。あとは米をとぐんも好きかも」

「米をとぐ」

鸚鵡《おうむ》返《がえ》した百瀬に、翔大は頷いた。

「単純に見えるけど実は重要で、味の決め手になるような。そういう作業が好きです」

ああ、と百瀬は感心したような声をあげる。

「なんかわかる気ぃするわ。米とぐんもお好み焼くんも、単純なようでそうやないもんな」

ふうんと改めて頷いた百瀬はほんの一瞬、困った顔をした。翔大が雄大《ゆうだい》の弟だと知ったときにも似た表情を浮かべた気がするが、それよりも今の方が、もっと別の感情が複雑に混じっているように見える。

何やろ。

じっと見つめる翔大に気付いたらしく、百瀬はニッコリ笑った。

「たいしたもんはないけど、どうぞ食べて」

「あ、はい。ありがとうございます。いただきます」

軽く頭を下げて手を合わせた翔大は、早速箸《さっそくはし》をとった。ちらと見遣った百瀬も、いただきますと手を合わせて食べ始める。

俺が雄兄の弟やと、なんか困ることがあるんやろか。

しかし、雄大の弟だと知った上で友達になったはずだ。

ようわからんな……。

内心で首を傾げつつ味噌汁を飲む。薄味だが出汁《だし》が効《き》いている。かやくご飯にも箸を伸ばす。

こちらもきのこの旨《うま》みが出ていて良い味だ。

「旨い」

意識しないうちにつぶやくと、百瀬は嬉しそうに笑った。

「ほんま?」

「はい。凄く美味《おい》しいです」

頷いて煮物を口に入れる。飴色《あめいろ》の大根には、豚肉の旨みがしっかりと染《し》みていた。天ぷらもサクサクとしていて油っこくない。五目豆は毎日食べても飽きないような、素朴《そぼく》な味わいだ。どれも文句なしに美味しくて、箸が止まらない。

しばらく無言で料理を味わった翔大は、感心のため息を落とした。

「こんだけ作るん大変やったんと違いますか」

「いや、全然。料理は趣味やし楽しいから大変とかはないで。翔大君も洗濯したり布団干したりするん、大変やとは思わんやろ?」

「それはそうですけど」

「それに誰かのために作るんは、自分の飯《めし》作るよりずっと楽しいしな。ここんとこ忙しいて、そういう機会がなかったから」

そういえば雑誌のインタビューでも、百瀬は誰かのために料理を作るのは楽しいと答えていた。相手が恋人だと更に楽しいんじゃないですか？　というインタビュアーの問いかけに、そらもちろん！　と即答《そくとう》したとも書かれていた。

目の前の丁寧に作られた料理を、否《いな》、これ以上に手間をかけた料理を、百瀬が恋人に作るのだと考えると、なぜか胸がつまった。自然と箸の運びが遅くなる。

百瀬さん、貴重な休みやのに俺なんかに飯作っててええんか……。

百瀬は才能も人気もある三十代半《なか》ばの男である。付き合っている女性がいて当然だ。

「あの、百瀬さん。カノジョさんは」

どう切り出していいかわからなくて漸《よう》うそれだけを言うと、百瀬は瞬きをした。

「何や。いきなりどうした」

「俺なんかに、飯食わしてる場合やないんとちゃうか思《おも》て」

翔大が言おうとしていることを、ちゃんと理解してくれたらしい。百瀬は笑った。

「僕今付《つ》き合《お》うてる人おらんから」

「そうなんですか？」

「そうなんですよ。ちょこちょこお付き合いはさしてもうてるんやけど、あんまり続かんで今はフリーや。せやから気にせんとゆっくりしてって」

はいと応じた翔大は、安堵《あんど》で心が軽くなるのを感じた。

そうか。恋人おらんのか。そしたら俺がこの人を独占しとってもええんや。

我知らず緩んだ頬が、一瞬で固まった。箸も止まる。

——独占て何や。

これではまるで、好きになった人に恋人がいなくて喜んでいるようではないか。

いや、喜んでいるよう、ではない。

俺は喜んでる。

翔大はおずおずと百瀬に視線を向けた。かやくご飯を頬張《ほおば》っていた百瀬は、ん？　という風に首を傾げる。こちらを見つめる眼差しは柔らかい。

カッと顔に血が上って、翔大はうつむいた。表情は変わっていなくても、赤面していることは一目でわかるはずだ。慌てて左手で口許を覆《おお》うが、頬は熱くなる一方だった。

うわ、俺マジや。

百瀬のことが好きなのだ。それも友人としてではなく、恋愛の意味で。

今まで気付かなかったのは同性を恋愛対象として見たことがなく、同じ男を好きになるはずがないという思い込みがあったからか。

けれどとにかく、好きになってしまった。

どうしよう。どうしたらええんや。

百瀬さんは男で、俺も男で、百瀬さんは俺を友達やと思てはる。

こんなん、どうしようもない。

ほとんどパニックになっていると、翔大君、と心配そうに呼ばれた。ビク、と肩を揺らしてしまう。

「大丈夫か？　気分悪い？」

声を出したらひっくり返ってしまいそうで、翔大はただ首を横に振った。もちろん下を向いたままだ。二十代も後半にさしかかった男が取り繕《とつくろ》うこともできないなんて情けないが、こんなに混乱したのは初めてで、どうしていいかわからない。

とても食事を続けられなくて箸を置くと同時に、百瀬が立ち上がる気配がした。テーブルをまわり、こちらに歩み寄ってくる。

ぎょっとして見開いた目に、床につけられた百瀬の膝《ひざ》が見えた。

「翔大君」

呼ばれて腕をとられ、下から覗き込まれる。慌てて目を閉じる前に、バチリと視線が合ってしまった。

百瀬はまた、ひどく困ったような顔をしていた。ためらいを多分に含んだその表情は、しかし愛《いと》しげな笑みに取って代わる。

「翔大君、僕と付き合《お》うてくれるか？」

翔大は瞬きをした。言われたことの意味がわからない。

「僕の恋愛対象、男なんや」

「え、けど……」

百瀬は過去、女性との熱愛を何度も取りざたされているはずだ。

翔大の疑問を見透《みす》かしたように、百瀬は苦笑する。

「嘘とちゃう。芸能界では火のないとこにも煙がたつねん。女の子とも付き合えんことはないけど、僕が本気で好きになるんは男や」

ニッコリ笑った百瀬は、膝の上で固く握りしめていた翔大の拳《こぶし》を掌《てのひら》で包み込んだ。百瀬の手は翔大のそれよりも大きく、指も骨ばっていて長い。力強く温かな感触に、心臓が跳ね上がる。

「僕と、お付き合いしてください」

真摯《しんし》な口調だった。

刹那《せつな》、今まで自分に向けられてきた百瀬の柔らかくて優しい眼差しや、ひどく嬉しそうな笑顔が一時《いちどき》に脳裏《のうり》に浮かぶ。

——そうか。百瀬さんも俺が好きなんや。

ストン、と腹の底に何かが落ちると同時に、翔大はこくりと頷いた。次の瞬間、百瀬の精悍《せいかん》な面立《おもだ》ちに、花が静かに開くように鮮やかな笑みが広がる。

ああ、この顔も初めて見る。めっちゃええ顔や。

つられて頬を緩めると、大きな掌で頭を撫でられた。

「ご飯食べてしまおか」

優しく言われて、再びこくりと頷く。

ん、と頷き返してくれた百瀬は、もう一度頭を撫でてくれた。その手はやはり温かかった。


店の扉を開けた客にいち早く気付いた翔大《しょうだい》は、いらっしゃいませと声をかけた。各々《それぞれ》お好み焼きを焼いていた本多《ほんだ》と津久井《つくい》も、ワンテンポ遅れていらっしゃいませと声を張る。入ってきたのは二十代らしきカップルだった。十一月も半《なか》ばとなり、外は相当冷えている。平日にもかかわらず客の数が多い。

上着を脱いだカップルは翔大の前に腰かけた。いらっしゃいませ、ともう一度言ってメニューを渡す。

「あ、僕海鮮《かいせん》ミックスで」

「それ美味《おい》しいの?」

「すっげぇ旨《うま》いよ。今まで食べたお好み焼きの中で一番かも」

「そうなんだ。じゃあ私もそれにしようかな。あー、でもチーズも捨てがたいなあ」

楽しそうに話をするカップルを見守りつつ、翔大は内心で苦笑した。

二人が入ってきたことに真っ先に気付いたのは、百瀬《ももせ》が来るかもしれないと入口を気にしていたからだ。お好み焼きを作っている間は集中しているので気にならないが、手が空《あ》くとついドアに目がいく。今日、百瀬は店に来るとは言っていない。それなのに、もしかしたら来はるかもと期待してしまう。

百瀬に付き合ってくださいと言われてから、十日ほどが経《た》った。多忙な百瀬とはなかなか二人きりで会う時間がとれないが、送られてくるメールは確実に増えた。少し時間がとれたからとわざわざマンションまで来てくれたこともあったし、電話で話もした。店にも何度か来てくれた。百瀬が腰かけたのはもちろん、翔大の前の席だ。

百瀬は優しい。自分も疲れているだろうに、翔大を気遣ってくれる。言葉が足りず、感情が表に出にくい翔大に苛々《いらいら》する様子もない。百瀬と電話で話していたとき、思っていることをうまく伝えられない自分に翔大自身が焦《じ》れて、すんませんと謝ると、彼は大らかに笑った。

翔大君はそういうとこがええんや。そういうとこがカワイイ。

カワイイなどと言われたのは生まれて初めてで、翔大は携帯電話を耳に押し当てたまま固まってしまった。

百瀬さんて凄《すご》い……。

前に付き合った女性に、翔大はそこまで優しくしなかった。カワイイと褒めたこともほとんどなかった気がする。百瀬の方が翔大より七つほど年上で年齢差があるのも一因だろうが、彼の優しさや気遣いは、やはり性格によるものだろう。

ていうか、カワイイて言われたんやから、たぶん俺が女役や。

そらそうか、と思う。百瀬の方が背が高いし、誰が見てもかっこいい。それに、彼を好きな気持ちは本物だが、抱きたいという欲求は湧《わ》いてこない。どちらかというと、抱きしめてもらいたい。

ごく自然に抱かれることを受け入れている自分に、翔大はそれほど驚かなかった。

俺はそれくらい、あの人が好きなんや。

「じゃあ海鮮ミックスとチーズで」

どうやら仲良く半分ずつ食べることに決めたらしいカップルに、かしこまりましたと応じていると、また新たな客が入ってきた。いらっしゃいませ、と声をかける。

空《あ》いたばかりのカップルの隣の席に腰を下ろしたのは、四十代の後半らしき小太りの男だった。いらっしゃいませ、とメニューを差し出した本多に愛想《あいそ》の良い笑みを浮かべる。

「ミックスとウーロン茶ください」

「はい、かしこまりました」

頷いた本多がお冷やとおしぼりを取りに行く。翔大はといえば、受けた注文の通りに生地と具材を混ぜる作業に入った。

視界の端に中年の男が映《うつ》る。何かを探すように、店内をきょろきょろと見まわしている。

どうぞ、とお冷やを置いた本多に、男は何気ない調子で尋ねた。

「この店に百瀬統也《ももせとうや》がよく来るって聞いたんだけど、ほんと？」

「申し訳ありません。お客様のプライバシーに関わることはお答えできませんので」

本多は笑顔を崩《くず》さずに応じる。が、男の隣にいたカップルはあからさまに反応した。百瀬統也だって、ほんとかな、と二人でこそこそと話し出す。

本多に尋ねても無駄だと思ったのか、男はカップルの方を向いた。

「私の知人が見かけたって言うんですよ。それも何回も」

「え、ほんとですか？」

「ほんとほんと。彼、関西出身だからここのお好み焼きが気に入ってるってだけかもしれないけど、ほら、誰かと一緒じゃなかったか気になるじゃないですか」

「誰かって、もしかして恋人とか？」

「そうそう。気になるよね、やっぱり」

「えー、気になりますー。モモって最近、誰かと付き合ってるって聞かないし」

翔大は黙々《もくもく》と手を動かしながら、やりとりを聞いていた。

この男、芸能関係の記者やな。

記事にできることはないかと百瀬の身辺を探っているのだろう。この手の人間には何も答える必要はないと社長に言われている。本多の対応も、それに沿ったものだ。

好奇心丸出しの会話を止めたい気持ちも手伝って、翔大は混ぜ終えた生地を鉄板に落とした。ジュー！　という小気味《こきみ》の良い音に、カップルはたちまちこちらに視線を戻し、美味しそう！と目を輝かせる。

しかし男の方は、そう簡単にごまかされてくれなかった。今度は翔大を見上げてくる。

「そっちの店員さんも何か知らない？」

「申し訳ありません」

どうにか笑顔を作って謝ると、男は肩をすくめた。口が堅い店だと判断したのか、それきりぴたりと黙り込む。引《ひ》き際《ぎわ》は心得ているようだ。

百瀬さんに注意した方がええて言わんとあかんかな。

――いや、その必要はないか。

彼はきっと、こうした記者にプライバシーを探られることに慣れている。翔大が言うまでもなく、身辺には気を付けているはずだ。

百瀬さん、大変やなあ……。

自《みずか》ら望んで就《つ》いた職業とはいえ、随分《ずいぶん》と気を張って生活しなくてはいけない。もしかしたら彼がスランプに陥《おちい》ったのも、そうしたストレスが蓄積《ちくせき》した結果かもしれなかった。

百瀬が翔大と二人でいても、男同士故《ゆえ》に誰も恋人とは思わないだろうが、外では気を付けて行動しようと思う。

そんでうちの中で二人きりのときは、百瀬さんにゆっくり、リラックスしてもらおう。


「芸能記者？」

カウンターの向こう側で驚いたような声をあげた百瀬に、広いキッチンの中にいた翔大は、はいと頷いた。

「はっきり名乗ったわけやないですけど、そんな感じでした」

「え、大丈夫やったか？　ひょっとして写真とか撮られた？　何か言われたりされたりせんかったか？」

キッチンに駆け込んできた百瀬が、矢継《やつ》ぎ早《ば》やに問う。

その焦《あせ》った様子に、翔大の方が慌てた。また言葉が足りなかったようだ。

「俺に取材が来たわけやないんです。記者の人が来たんは店です。その人、百瀬さんが店によう来てくれてるん知ってて、恋人と一緒に来てるんとちゃうかて探り入れてて」

なんとか説明すると、ああ、と百瀬は気が抜けた声を出した。

「何や、そうか。よかった」

安堵《あんど》の息をつく百瀬に、翔大は温かな気持ちになった。

心配してくれはったんや。

嬉しい一方で、余計な心配をさせたことが心苦しい。

「たいしたことやなかったのに、すんません。一応言うといた方がええかと思《おも》て」

いやいや、と百瀬は手を横に振る。

「翔大君が謝ることない。最近、マスコミ通さんとブログでプライベートな報告する芸能人が増えてるやろ。せやから昔に比べてスクープがとりにくうなっとって、一部の記者は飯の食い上げらしいんや。そういう記者の中には強引な取材したり、とにかく注目を集めようとして、ウラもとらんと妄想《もうそう》みたいな記事書いたりする輩《やから》もおる。まあ、翔大君は芸能人とちゃうから、そんな無茶はしよらんと思うけど」

言いながら、百瀬は今度は落ち着いた足取りで歩み寄ってきた。翔大の手元の鍋《なべ》を覗き込み、おお、と嬉しそうな声をあげる。

「めっちゃ旨《うま》そうや」

鍋の中では、翔大が自宅マンションで作ってきた大根と里芋《さといも》とイカの煮物がくつくつと音をたてている。タッパーに入れて持ってきたものを温め直しているところだ。

「ええ匂いやなあ。僕この煮物好きなんやけど、イカのワタ取るんが面倒であんまり作らんねん。久しぶりに食べられて嬉しいわ」

「そうですか。よかったです」

和食をご馳走《ちそう》になっておいて、自分も和食を作るのはどうかとも思ったが、胃腸《いちょう》の負担になるような油を多く使う料理よりはいいだろうと思い直し、煮物を作った。

定休日の今日、午後八時頃に仕事が終わるという百瀬に合わせて彼のマンションを訪《おとず》れた。前回は百瀬が一緒だったが、今回は一人である。高級マンションに入るのはおっかなびっくりだった。エントランスで百瀬の部屋番号を押し、いらっしゃいという彼の声を聞いてほっとしたことは言うまでもない。

「なあ、翔大君」

存外真面目な声で呼ばれて、隣に立っている百瀬を見上げる。

彼はやはり真剣な顔をしていた。

「何かあったらすぐ僕に言うてな。翔大君には絶対迷惑がかからんようにするから」

「迷惑なことなんかないですよ」

「けど記者によってはほんま、あることないこと書きよるから」

「大丈夫です。来られてもほんまのことは言いませんから、安心してください」

大きく頷いてみせると、百瀬は眉《まゆ》を八の字に寄せた。

「ごめんな」

「何がですか」

「どっか出かけるにしてもデートらしいことはでけんし、秘密やし」

しょんぼり、という言葉がぴったりの口調で言われて、翔大は少し笑ってしまった。

百瀬さんてカッコエエばっかりや思《おも》とったけど、こういうときはなんかカワイイ。

「そんなん気にせんといてください。外でデートするために付き合《お》うてるわけやないし、誰かに言いたいから付き合《お》うてるわけでもないですから」

本当のことを言っただけだったが、百瀬は驚いたように瞬《まばた》きをした。かと思うと翔大の背中に抱きついてくる。

「翔大君オトコマエー。惚《ほ》れ直《なお》したー」

ぐりぐり、と頭に頬を寄せられ、翔大は固まってしまった。互いにセーターを着ているが、硬く広い胸の感触は充分伝わってくる。百瀬の体からほんのりと漂《ただよ》ってきた柔軟剤《じゅうなんざい》の柔らかな香りも、緊張を解《と》いてはくれない。

どうしよう。めちゃめちゃ恥ずかしい。

全身を強張《こわば》らせている翔大に気付いたらしく、百瀬は笑った。

「さっきみたいな殺し文句言うんは恥ずかしいないのに、こういうのは恥ずかしいんやな」

答えることすらできないでいると、ポンポンと緊張を解《ほぐ》すように肩を叩かれる。

「翔大君、男と付き合《お》うたことは？」

「……ないです」

あー、と百瀬が苦笑する気配がした。背後から抱きしめられているので顔は見えないが、以前にも見た、困ったような表情をしているのがなんとなくわかる。

俺が百瀬さんとはあんまりにも違う世界で生きてきたから、困ってはるんやろか。

困らせたくないが、どうすれば困らせずに済むのかわからない。

じっとしていると、百瀬にまた柔らかく肩口を叩かれた。

「女の子とは付き合《お》うたことある？」

「はい。一人だけ」

「そのコとスキンシップせんかった？」

「しましたけど、背の低いちっちゃい子で」

「ああ、僕大きいからなあ。怖いか？」

優しい問いかけに、翔大は力いっぱい首を横に振った。

怖くなどない。ただ、どうしていいかわからないだけだ。

すると百瀬は小さく笑った。背中に密着した胸や腹から直接振動が伝わってきてくすぐったい。それに、ひどく心地《ここち》好《よ》い。

体に入っていた力がわずかながら抜けるのを感じていると、百瀬がまた尋ねてくる。

「嫌ではないんやな？」

「はい。あの、緊張して」

「そうか。そしたらこれからちょっとずつ触るから。ちょっとずつ慣れていこか」

こくりと頷くと、ん、と百瀬も頷き返してくれる。

百瀬さん、大人や。

いい年をした大の男が、抱きしめられただけでガチガチに硬くなるなんて、あきれられても仕方がない。

しかし百瀬はあきれることもばかにすることもなかった。

それどころか、こちらのペースに合わせてくれる。

嬉しくて幸せで、我知らず頬が緩《ゆる》んだ。


自宅マンションを出て店へと向かいつつ、翔大は空を仰《あお》いだ。

ええ天気や。

秋も深まってきたせいだろう、薄いブルーの空は高く見える。吹いてくる風は冷たいが、乾いていて快《こころよ》い。東京は大阪より湿度が低い気がする。今日が定休日だったなら、間違いなく布団を干していただろう。

足取りが軽いのは、秋晴れの空のせいだけではない。昨夜《ゆうべ》、百瀬と共にすごしたからだ。とはいえ泊まったわけではなく、深夜に車で送ってもらった。

翔大が作ってきた煮物をおかずに軽く夜食を食べた後、リビングのソファで他愛《たわい》ない話をした。百瀬は翔大のすぐ隣に腰かけたので、膝《ひざ》がずっと触れていた。話の流れで、肩や頭を撫《な》でられたりもした。ちょっとずつ慣れていこうと言った通り、百瀬はそれ以上何もしなかった。別れ際も、軽く手を握られただけだ。また連絡するからな。そう言った百瀬の顔に不満の色はなく、ただ優しく甘やかな笑みが浮かんでいた。

なんか俺、物凄《ものすご》い箱入り娘みたいに大事に大事にされてる。

古き良き少女まんがに出てくる理想の恋愛のようだ。実際、今をときめく芸能人と平凡な一般人という点では、シンデレラストーリーを地でいっている。無愛想《ぶあいそう》で地味な男に対する扱《あつか》いではないと思うものの、なにしろ相手は好きな人だ。素直に嬉しい。

「こんにちはー」

電信柱の陰から出てきた男に突然声をかけられ、翔大は思わず足を止めた。

行く手を遮《さえぎ》るように立《た》ち塞《ふさ》がったのは小太りの男だった。『まさとら』にやってきた芸能記者だ。

浮かれた気分が一瞬で霧散《むさん》した。隙を見せないように表情と心を引き締めたものの、無視するわけにもいかず、こんにちは、と一応頭を下げる。すると、男は一目で愛想笑いとわかる笑みを浮かべた。

「キミ、まさとらの店員さんだよね。僕フリーで記事書いてるヨシダっていいます。よろしく」

男が差し出した名刺を、翔大は頭を下げることで拒絶した。

「すんません、急いでますんで」

横をすり抜けたが、男はあきらめずについてくる。

「ちょっと聞きたいことがあるだけだからそんな警戒しないでよ。話すのが嫌ならイエスかノーで答えてくれればいいから。あ、それなりに謝礼はするよ。百瀬統也の記事は当たればでかいからね！」

やっぱり百瀬さんのこと嗅《か》ぎまわってるんか。

感情が表に出ない性質でよかったと思う。もし出ていたら、これ以上ないくらい険悪《けんあく》な表情になっていただろう。

尚《なお》も無視していると、男は勝手に話し出した。

「一般の人のツイートとかブログをチェックすると、百瀬が頻繁《ひんぱん》にまさとらに顔を出してるのは確かなんだ。でさ、注意して内容見てると、彼はいつもキミにお好み焼きを焼いてもらってるみたいなんだよね。もしかして百瀬と個人的に親しかったりする？」

翔大は答えるかわりに奥歯をかみしめた。誰もが世界に向けて情報を発信できることが悪いとは言わないが、百瀬のような有名人にとっては常に監視されているも同然だろう。いくらおおらかな人間でも、全く気にしないというわけにはいくまい。

黙っている翔大を気にする風もなく、男は矢継《やつ》ぎ早《ばや》に質問をぶつけてくる。

「百瀬統也っていつも一人で来てるの？　誰かと一緒のときってなかった？　男でも女でも、誰かと一緒だったら教えてほしいんだよね。あ、その誰かは芸能人じゃないかもだけど、どういう感じの人だったかだけでも教えてくれないかな」

アホか。たとえ俺が百瀬さんと個人的に親しいない、ただの店員やったとしても、お客さんのプライベートをベラベラ喋るわけないやろ。

心の内だけで言い返している間にも、男は言葉を重ねる。

「実はね、百瀬って両刀《りょうとう》っていう噂があるんだよ。両刀って男も女もいけるって意味ね。だから男と一緒に来てる可能性もあるわけ」

「あの」

ちょうど店の手前まで来たのを機に、翔大は立ち止まった。両刀と聞いて興味を引かれたと勘違いしたらしく、ん、なになに？　と男は身を乗り出してくる。

翔大はまっすぐに男をにらんだ。

「お話しすることはありません。お引きとりください」

頭を下げてすぐにビルへ入ろうとしたが、ぐいと腕をつかまれて引き戻される。

「ちょっと待ってって。あ、両刀って聞いてびっくりしちゃった？　もしかしてキミ、百瀬に口説《くど》かれてたりして」

この野郎。

カッと頭に血が上《のぼ》ったそのとき、おーい、どうしたー、というのんびりとした声が耳に飛びこんできた。

振り返ると、スーツ姿の社長が歩いてくるところだった。スタスタと歩み寄ってきた彼は翔大の脇《わき》に立ち、わずかに背を屈《かが》めて男を見遣《みや》る。

「うちの従業員が何か失礼をしましたか？」

口調は穏《おだ》やかだが、眼鏡の奥にある目は少しも笑っていない。怖いときの社長だ。

役者が一枚上だと感じたのか、男はへらりと笑って翔大の腕を離した。

「いえいえ、ちょっと話してただけですんで。それじゃ、また」

厚かましくも笑顔で手を振り、男は踵《きびす》を返した。

遠ざかる後ろ姿をにらみつけていると、ポンと肩を叩かれる。

「芸能記者か？」

短く問われて、はいと頷く。すると、社長は苦《にが》りきった。

「ああいうのは相手にするだけ無駄やぞ」

「大丈夫です、してません」

いつも通りに答えたつもりだったが、社長は声に滲《にじ》んだ怒りをちゃんと汲《く》み取《と》ったらしい。どうどう、と暴れ馬を制するように翔大の背中を更に叩く。

「何聞かれても知らぬ存ぜぬで通しといたらええねん。まあ、あんまりしつこかったら言えよ」

「言うて、社長にですか？」

「おう、僕にや。なんとかしたるから」

ニッコリ笑った社長を頼もしく思う一方で、得体《えたい》の知れなさを感じてしまう。信頼できる人だとは思うけれど、いろいろと謎だ。

「さあ、仕事や仕事。行くでー」

はいと応じて社長の後に続きながら、翔大は百瀬を思った。

今日のことは百瀬には話さない方がいいだろう。記者が店にやってきたと話しただけでも心配していたのだ。忙しい彼に、余計な気を遣《つか》わせたくない。

「あー、極楽《ごくらく》ぅー」

気の抜けた声が背後から聞こえてきて、翔大は振り返った。

ひとつしかない窓から斜めに射した陽光は、晩秋の朝に相応《ふさわ》しく、柔らかで儚《はかな》い。その光の中で小さな炬燵《こたつ》に入り、背中を丸めてうつ伏せている長身の男が一人。さながら猫科の肉食《にくしょく》獣《じゅう》、と言いたいところだが、今はただの大きな猫にしか見えなくて、翔大は頬を緩めた。

朝の八時をすぎた頃、出勤前に悪いけど今から少し寄っていいかとメールがあった。起きたところだった翔大は、いいですよとすぐ返信した。それから十分ほどして現れた百瀬は、どうやら徹夜明けらしく、目をしょぼしょぼとさせていた。

疲れてはるんやったら俺なんかに会いに来てんと、帰って早《は》よ休んでください。

喉元《のどもと》まで出かかった言葉を、翔大は飲み込んだ。かわりに、お疲れさんですと精一杯の笑顔で彼を出迎えた。百瀬と直接顔を合わせるのは約一週間ぶりで、翔大も彼と会えて嬉しかったのだ。変に気遣うより、自分の気持ちを素直に伝えようと思った。

そっちの方が、百瀬さんはきっと喜んでくれはる。

顔見れて嬉しいですと告げると、予想した通り、百瀬はひどく照れくさそうに笑った。

「百瀬さん、頭退《ど》けてください」

言いながら、翔大は作ったばかりの雑炊《ぞうすい》を盆《ぼん》に載せて炬燵まで運んだ。

「んー、あー、ええにおいー」

「雑炊です。残りもんで悪いんですけど」

「全然悪いことないよー。食べる食べるー。実はめっちゃ腹減ってんねん。ありがとう翔大君」

伏せていた上半身を起こした百瀬の前に、小皿に載せた梅干しを置く。その横に昨夜作った味噌汁の残りにご飯と溶《と》き卵《たまご》を入れて煮た雑炊を並べると、わー、と百瀬は声をあげた。眠いせいか、間延びした声ばかりあげるのがおかしい。

テレビにも雑誌も載ってない百瀬さんや。

「美味しそー。この梅干し、もしかして手作り?」

「はい。兄の手作りです」

「兄て、一番上のお兄さん?」

「はい」

「へー、凄いなあ。梅干しまで作らはるんや」

はいともう一度頷いて、翔大は自分の雑炊と梅干しも炬燵に置いた。そして百瀬の正面に腰を下ろす。

「田舎《いなか》の祖母に習《なろ》たらしいです。売ってるのよりかなり塩気《しおけ》が強いから、ちょっとずつ食べてください」

はーい、とやけに素直な返事をした百瀬はスプーンを手にとり、イタダキマースと手を合わせた。梅干しをひとつすくいあげ、ほんの少し齧《かじ》る。

「おお、ほんまや。しょからい。けど旨い」

嬉しそうな笑顔に、こちらも嬉しくなる。梅干しは疲労回復に効くとなにかで読んだ気がしたので出したのだが、効こうが効くまいが、百瀬が喜んでくれることそのものが嬉しい。

自分が食べるのは後まわしにして見守っていると、百瀬は今度は雑炊を口に運んだ。思ったより熱かったのか、はふはふと息を吐く。緩く暖房を入れているものの、室温はそれほど高くない。白い息が微《かす》かに見える。

「……あー、うまーい。染《し》みるぅー」

「そうですか。よかった」

ほっと息をついて、翔大は自分もスプーンを手にとった。いただきますと手を合わせ、雑炊を食べ始める。

腹が減っているというのは本当だったらしい。百瀬は次々に雑炊をすくいあげては口へ運ぶ。体が中から温まってきたせいか、ここを訪れたときは悪かった顔色が、わずかではあるがましになったようだ。

やっぱり記者のことは言わん方がええな。

あの日以来、出勤途中に声をかけてきた芸能記者は姿を見せない。店にも来ない。本多と津久井に聞いた話によると、記者は二人にも攻勢《こうせい》をかけたらしい。もちろん、彼らは百瀬について一言もしゃべらなかった。翔大を含めた従業員の口の堅さに、『まさとら』の関係者から情報を引き出すのは無理だとあきらめたのかもしれない。

しばらく二人、無言で食べていると、ふいに百瀬が小さく息を吐いた。

「ほんまごめんなあ。急に来た上に朝ご飯までご馳走《ちそう》になって」

「急やないですよ。ちゃんと来る前に連絡くれはったし」

「んー、けど翔大君、これから仕事やろ。行くんやめとこかなあて思《おも》てんけど、やっぱり顔が見とうて。わがままでごめんな」

てらいのない言葉に、翔大は赤面した。こんなわがままなら、いくらでも聞く。

赤くなった顔を見られるのが恥ずかしくてうつむくと、百瀬が微笑む気配がした。

「来年の春から仕事セーブする予定やから、僕が翔大君に朝ご飯作って送り出すわ」

「仕事、セーブしはるんですか」

「うん。七年くらい前からずーっと働きづめやったからな。もうちょっと余裕のある生活して充電しよう思て」

百瀬がブレイクしたのは、確か七年か八年ほど前だ。当時、翔大は大学生だった。周りの女子学生たちが、寄るとさわるとモモモモ言っていたことを覚えている。女性のファンには、彼をモモと呼ぶ人が多い。

翔大はといえば、歌う百瀬をテレビで見て、雰囲気のあるカッコエエ人やなあと思った。一度耳にしたら忘れられない伸びのある透明な歌声と、その声に独特の哀愁《あいしゅう》を帯《お》びさせる少し癖のある歌い方に、なぜ今まで売れなかったかと不思議に思った。

確かにあれから百瀬を見ない日はない。ドラマにバラエティ番組、音楽番組、コマーシャル、雑誌、映画、コンサート、ラジオ等々、出ずっぱりである。その上、私生活までマスコミに追われていては疲れて当然だろう。

そういう人が今、俺の目の前で炬燵に入って、俺の作った雑炊食うてる。

なぜか違和感はなかった。百瀬があまりにも、この狭い部屋に馴染《なじ》んでいるからかもしれない。自分にとっての彼は、百瀬統也という一人の人間にすぎないのだと改めて実感する。彼が何者であれ、百瀬という男が好きなのだ。こんなことってあるんやなあ、としみじみ思う。

「あー、めっちゃ旨かったー。ご馳走さん」

「お粗末《そまつ》さまです」

両手を合わせた百瀬の皿は空《から》だった。米粒ひとつ残っていない。

満足そうなため息をついた百瀬は、まだ食べている翔大を、頰杖をついて見つめてくる。日の光を受けて蜂蜜《はちみつ》色に透《す》ける瞳はうっとりしていて、いかにも幸せそうだ。

「夢ん中におるみたいやー」

「そら腹がふくれて温《あった》まって眠いからです」

ええー、と百瀬は笑いながら眉を寄せる。

「それもあるやろうけど、一番の理由は翔大君と一緒におるからやで」

「俺とおるんが夢みたいなんですか？」

「うん。夢みたいや」

素直に頷いた百瀬は、ゆっくり目を閉じた。それきり黙ってしまった彼に気まずさを感じるどころか、こそばゆいような気持ちになりつつ、残りの雑炊を口に運ぶ。

食べ終えた翔大は、己の皿と百瀬の皿を流しに持っていこうと立ち上がった。すると、ふ、と百瀬が目を開ける。

「あー、ごめん……、後片付け……」

「やりますから寝ててください」

「けど……」

「ちょっとやし、気にせんでええです」

ぶっきらぼうにならないように、精一杯柔らかく言って立ち上がる。ほんまごめんな、と小さく謝る声が聞こえてきたが、百瀬は再び目を閉じた。リラックスしているらしい様子に目を細め、流し台に向かう。

俺とおることで、百瀬さんの疲れがちょっとでもとれたら嬉しい。

皿を洗い終えて振り返ると、百瀬は炬燵に突っ伏し、すっかり寝入っていた。やはり大きな猫のようだ。

空気が乾燥してるから風邪ひかはるかも。

しかし加湿器《かしつき》などという洒落《しゃれ》た物はない。かわりになる物を、と考えた翔大は、クローゼットから予備のバスタオルを二枚出した。それを湯でたっぷり濡らして緩く絞《しぼ》り、窓際に置いて

おいた室内用の物干しにかける。

足音を忍ばせていたつもりだったが、百瀬が小さくうなった。起こしてしまったかと慌てて覗き込む。

百瀬は目を閉じたままだった。ほっと息をついて彼を見つめる。疲れが滲んでいるものの、穏やかな寝顔だ。

気が付けば、百瀬の広い肩に触れていた。ふわりと柔軟剤が香る。同じものを使っているはずだが、百瀬の体のにおいと混じりあったそれは、殊更《ことさら》温かな香りに感じられる。

ふつふつと湧き上がってきた愛《いと》しさに促《うなが》され、翔大は薄く隈《くま》が浮いた目許にそっと口づけた。

百瀬が目を覚まさなかったからだろうか。やはりそっと唇を離した後も、恥ずかしさより愛しさが勝《まさ》った。我知らず微笑みながら百瀬の寝顔を見つめる。出勤の時刻が迫《せま》っているが、起こすのは忍びない。

合鍵、置いて出よう。

次にいつ会えるかはわからないけれど、鍵を返してもらう必要はない。そのまま持っていてもらえばいい。

それからまた三日ほどの間、百瀬《ももせ》には会えなかった。かわりに届いたのはメールだ。

案《あん》の定《じょう》、鍵持ったままでごめんと謝ってきた彼に、翔大《しょうだい》は返さなくていいですと応じた。するとえ、ええの？　というごく短いメールがきた。ええです、とこちらも短く返すと、ありがとう、とだけ返信がきた。簡潔《かんけつ》で色気も面白味もないやりとりだったけれど、以前より近付けた気がした。

明日定休日やし、会えるとええな。

淡い期待を抱きながら、翔大は新たに入ってきた客に、いらっしゃいませと声をかけた。

今日も『まさとら』は繁盛《はんじょう》している。時刻は既に夜九時をまわったが、大阪からやってきた社長も含めて四人、少しも休む間がない。

とはいえ、もともと好きな作業だ。苦痛は感じない。それどころか、ますますやる気が湧《わ》いてくる。

百瀬さんのおかげや。

心が満たされているからがんばれる。

前に腰かけた女性二人に、いらっしゃいませと声をかけたちょうどそのとき、プルルル、とレジの奥にある店の電話が鳴った。会計を済ませたところで手が空《あ》いていた社長が、すかさず受話器をとる。

「毎度ありがとうございます、まさとらです」

明るい声で応じた社長だったが、すぐに声を落として客席に背を向けた。客からの問い合わせではないようだ。

何やろ。仕事の話かな。

メニューを眺める女性客二人を見守りつつ気にしていると、社長は受話器を置いた。そして一番奥にいる翔大に歩み寄ってくる。ちょっと失礼します、と客に笑顔を向けた社長は、翔大を更に奥のスタッフルームの方へ促《うなが》した。

「篠倉《しのくら》、帰る準備せぇ」

開口一番《かいこういちばん》言われて、え、と声をあげる。

社長は軽く頷いた。眼鏡の向こうのたれ気味の目は真剣だ。

「もうすぐカツプロの人が迎えに来るから」

カツプロ――勝木《かつき》プロダクションは、百瀬が所属している芸能事務所だ。

百瀬に何かあったのか。

「詳しいことは向こうで説明してくれるらしい。今日はもう戻ってこんでええからな」

トンと背中を押された翔大は、お疲れさんでしたと頭を下げてスタッフルームに飛び込んだ。

店にわざわざ電話がくるて、何の用や。まさか百瀬さんが事故ったとか？

ていうかカツプロから連絡があったてことは、カツプロの人は俺が百瀬さんと付《つ》き合《お》うてるて知ってるんか？

ぐるぐると考えながらも素早く着替えを終えた翔大は、スタッフ用の出入り口から外へ出た。ビルの中だというのに、冷たい空気が全身を包む。心臓がバクバクと不穏な音をたてているのを感じながら一階へ下りようと階段へ向かうと、その階段からコートを纏《まと》った男が現れた。

「翔大！」

翔大を見るなり笑顔で駆け寄ってきた男は、次兄《じけい》の雄大《ゆうだい》だった。

なぜ兄がここにいるのかと一瞬疑問に思ったものの、彼が勝木プロダクションで働いていたことを思い出す。

「久しぶりやな、翔大。元気そうでよかった」

「雄兄《ゆうにい》も。俺を迎えに来てくれたんか？」

「そうや。他の人やとおまえが警戒するかもしれんからな」

ほぼ同じ高さにある目で笑いかけてきた兄は、久しぶりに見るからか、なんだか別人のようだった。もともと愛嬌《あいきょう》のある面立《おもだ》ちだが、以前にはなかった華やかさが加わった気がする。芸能界で働いているからだろうか。

「けど雄兄、鷲津映一《わしづえいいち》のマネージャーやってるて」

「おう、よう知ってんな。百瀬さんに聞いたんか」

兄の口からいきなり出てきた百瀬の名前に、翔大は無言で頷いた。勝木プロダクションは既に翔大のことを承知しているらしい。

「百瀬さんに何かあったんか?」

相手が見知らぬ社員ではなく、兄だったからだろう。最も気になっていたことが口をついて出る。

驚いたように目を丸くした兄だったが、すぐに首を横に振った。

「百瀬さんは無事や。ちゃんとスタジオで収録こなしてはる。事故とか病気とかやないから安心せぇ。ただちょっと、おまえにも知っといてほしいことができてな。詳しいことは事務所で話す。車で来てるから乗れ」

腕を軽く引っ張られた翔大は、兄に従《したが》って駆け出した。

百瀬さんが無事やったらええ。

心底安心したものの、今度は別の疑問が湧《わ》いてきた。

俺に知っといてほしいことて何やろ。


勝木プロダクションの自社ビルは一等地にあった。モダンな建物の中は空調が完璧にきいていて、夜も遅いというのにたくさんの人が働いている。

翔大は先を歩く兄の後ろ姿を見つめた。兄もこの場所で働く人達のうちの一人なのだ。

ここへ来る道中、兄はいろいろと話しかけてくれたが、これから何を聞かされるのかが気になって、ろくに応じられなかった。そもそも兄が何をどこまで知っているのかがわからないので、答えていいことと、いけないことの区別がつかない。

やがて兄が足を止めたのは、会議室らしき部屋の前だった。翔大を振り返り、ニッコリと微笑む。

「心配することない。ほんま、ちょっと確認するだけやから」

次兄はたまに、客観的に見てそれは大丈夫ではないのではと疑問に思うことでも、大丈夫と平然と言い切ってしまうところがある。

けど、雄兄《ゆうにい》は俺に嘘はつかん。

確信の元に頷いてみせると、兄も頷き返してくれた。再びドアに向き直り、素早くノックをする。間を置かず、はい、と中から壮年《そうねん》の男の声が聞こえてきた。

「篠倉です、失礼します」

言って、兄がドアを開ける。部屋の中央にあるソファに並んで腰かけていたのは、五十代半《なか》ばとみられるスーツの男性と、四十代半ばらしき眼鏡をかけた女性だった。肩の辺りまで伸ばした髪を後ろでひっつめた彼女もパンツスーツを身につけている。二人とも、いかにも業界人といった雰囲気だ。

「弟の翔大です」

兄に紹介され、はじめましてと頭を下げる。すると、ソファから立ち上がった男女がこちらを凝視《ぎょうし》してきた。特に女性の視線の強さは痛いほどだ。

先に我に返ったのは男性だった。一向《いっこう》に口を開かない女性に苦笑して、翔大に声をかけてくる。

「はじめまして、篠倉君。急に呼び出して申し訳なかったね。僕は勝木プロダクションのマネジメント部長のタザワです。まあこっちに来て座ってください」

失礼します、と再び頭を下げ、翔大は恐る恐る男性の正面に腰を下ろした。隣に兄が腰かけてくれて安心したものの、斜め前からじろじろと見つめてくる女性の視線にたじろぐ。

何やねんこの人。

ちらと目を向けると、彼女はようやく我に返ったようだった。腰を下ろした男性――タザワに倣《なら》い、自《みずか》らもソファに腰かける。

「失礼しました。私、百瀬統也《ももせとうや》のマネージャーのノムラです。はじめまして」

女性――ノムラが差し出した名刺を、翔大は両手で受け取った。

マネージャーさんか。

あれ、けど百瀬さん仕事中なんやろ。こんなとこにおってええんか。

じっと見つめ返すと、今度は彼女が怯《ひる》んだ。やりとりを見守っていた兄が、横から脇腹を突《つ》いてくる。

「コラ、翔大。じろじろ見るな。すんません、ノムラさん。こいつ別に不機嫌とかやないんです。緊張してるだけやと思うんですけど、顔に出んので」

「あ、そうなの？　よかった」

兄の言葉にほっと胸を撫で下ろしたノムラは、タザワを振り返った。彼が頷いてみせたのを確認し、再びこちらに向き直る。これ以上ないほど真面目な顔になった彼女は、翔大に一枚の紙を差し出した。

「これ、ちょっと読んでみてくれますか？」

はいと頷き、翔大はＡ４の紙に視線を落とした。

雑誌か何かの紙面《しめん》らしく、活字が並んでいる。その中で真っ先に目に飛び込んできたのは、百瀬統也ゲイ疑惑！　という見出しだった。一瞬で血の気《け》が引く。

百瀬は頻繁《ひんぱん》に一般人の男性、Ａさん——恐らく翔大のことだ——のマンションに出入りしている。忙しくても時間を作って会いに行っているようだ。Ａさんに突撃したが、ノーコメントだった。仲の良い友達だからノーコメントだったのかもしれないが、深い仲だからこそのノーコメントとも考えられる。果たしてＡさんは本当に、百瀬の友達か？

ざっと要約すると、そういった内容だった。

何じゃこりゃ。ただの想像というか、憶測《おくそく》やないか。

しかし、ゲイ疑惑という見出しはセンセーショナルだ。興味を引かれる人は大勢いるだろう。

「それ、明日送信される予定のメルマガの記事だったんですけどね。そこの記事、ろくな取材してなくて、ほとんど嘘っぱちだって有名なんです。読者の方もそれをわかってて、こんなのありえないでしょって思いながら楽しんで読んでるらしいんだけど、その記事はちょっとね。抑《おさ》えました」

「抑えたて」

落ち着いた口調で言ったノムラに尋ねる。

するとノムラはニッコリ笑った。

「別の情報を渡して記事を差し替えてもらいました。篠倉さんの周りをうろついてた記者にも釘《くぎ》を刺しといたから、安心してください。まあ、前からモモを応援してくれてる人たちの間では、彼がバイセクシュアルだってことはけっこう知られてるんだけど、ゲイっていうのは何も知らないファンの人からしたらショックだろうから」

無言で頷いた翔大に、それから、と彼女は続ける。

「モモが篠倉さんのマンションに出入りしてるのは事実でしょう。それに篠倉さんも、ときどきモモのマンションを訪《たず》ねてる」

この人、どこまで知ってるんや。

百瀬が何も言っていないのに、翔大が話すわけにはいかない。

翔大はまっすぐにノムラを見た。また怯んだように顎《あご》を引いたノムラだったが、静かに言葉を紡《つむ》ぐ。

「あなたのことはモモから聞いてます。あなたのおかげで歌がまた書けるようになったって、凄《すご》く喜んでました。モモはいろんな仕事をしてるけど、根っこの部分はミュージシャンだから、歌が作れなくなったのはかなり辛《つら》かったらしいの。私も彼がスランプを抜けてくれて本当に嬉しい。感謝してます」

ノムラは深々と頭を下げた。

「モモはあなたのこと、一緒にいて凄く安心できる人で、気が付いたら好きになってたって言ってました。大事にしたいとも言ってました。私たちにあなたのことを話したのも、何かあったときにあなたを守れるようにって思ったからみたい。モモもいいトシの大人だし、なにより彼に良い影響を与えてくれる人だから、別れてほしいとは言いません。むしろ逆ね。モモのためにも側《そば》にいてあげてほしい。これは事務所スタッフの総意です」

真摯《しんし》な口調に嘘は感じられなかったが、翔大は思わず隣に腰かけた兄を見遣《みや》った。

総意ってことは兄貴も知ってるってことか。

翔大の視線に気付いた兄は、軽く頷いてくれた。三十になっても愛らしい印象を持つ二重《ふたえ》の双眸《そうぼう》に嫌悪《けんお》の色はない。

我知らずほっと息をつくと、ただね、とノムラが続けた。

「あなたには自覚を持ってもらいたいんです。今日急いで来てもらったのも、そういう記事が出た以上、あなたにこのまま一般人の感覚でいてもらったら困るからなんです」

「一般人の感覚」

「ええ、そう。国民的っていうのは言いすぎかもしれないけど、モモは海外にもファンがいるくらいの有名人だってこと。だから常に注目されていて、そういう胡散《うさん》くさい記事の対象にもなっちゃうこと。イメージが大事だってこと。それをちゃんと認識してもらいたいんです」

はい、と翔大は頷いた。念を押されなくても、ノムラが並べた現実は承知の上だ。だから二人で出かけようと誘ったことはないし、毎日会いに来てくれだの、毎日電話をしてほしいだのとねだったこともない。

「今おっしゃった点は注意してるつもりです。外での行動は気を付けてますし、百瀬さんを縛《しば》ろうと思ったこともありません。外で会うのが目的で付き合《お》うてるわけやないし、彼を縛るために付き合《お》うてるわけでもないですから」

事実をありのまま淡々《たんたん》と言うと、ノムラは瞬《まばた》きをした。そして改めてまじまじと翔大を見つめる。この部屋に入ってから初めて長く喋《しゃべ》ったので驚いたのかもしれない。

正面に腰かけたタザワの視線も感じた。こちらはおもしろがっているようだ。

「あの、部長、ノムラさん。前にも言いましたけど、弟は百瀬さんがどんな有名芸能人でも、自慢したいとか見せびらかしたいとか、そういうの全然ないと思います」

遠慮がちにではあるが、割って入ったのは兄だった。

「ちょっとびっくりするくらいマイペースなんで、人のことはあんまり気にせんというか、どうでもええというか」

兄が苦笑しながら説明したそのとき、ドアが慌ただしくノックされた。

はい、と応じたのはやはりタザワだ。

「タザワさん、僕です」

「おう、入れ」

勢いよく開いたドアから入ってきたのは百瀬だった。部屋にいた誰よりも真っ先に翔大に視線を向けた彼は、ひどく困った顔をする。

あ、この顔、前に見たことある。

付き合う前にも何度か見た。——どういうときに見た？

会えた嬉しさが疑問にかき消されるのを感じていると、百瀬はくっと顔を引きしめた。そして翔大の横に駆け寄ってくる。

「記事てどれですか」

ノムラに尋ねた百瀬に、翔大は先ほどの紙を差し出した。ありがと、と小さく礼を言って受け取った彼は、ざっと目を通す。

「また適当なこと書きやがって」

苦々《にがにが》しげにつぶやいた百瀬を、まあまあとタザワが宥《なだ》めた。

「それは抑えたから大丈夫。あと、篠倉君の人となりもだいたいわかったから。篠倉君、仕事中だったのに急に呼び出してすまなかったね」

翔大に向かって深く頭を下げたタザワは、立ち尽くしている百瀬に目を向けた。

「モモ、収録は終わったのか？」

「……はい。終わりました」

「じゃあ篠倉君を送っていきなさい」

は？　と声をあげたのはノムラで、え、と声をあげたのは兄だ。百瀬も目を丸くしている。

翔大も驚いた。たとえ憶測だとしても、ゲイ疑惑の記事を書く記者が現れた以上、事務所としては、しばらく行動を共にしてほしくないのではないだろうか。

「さすがに今モモが送るのはまずいでしょう」

「部長、俺が送りますから」

慌てるノムラと兄を尻目に、タザワは鷹揚《おうよう》に笑う。

「送ってくぐらいいいじゃないか。夜も遅いし、友達だったら普通送るだろ。こそこそする方が逆に変だ。それに篠倉を早く帰さないと映一《えいいち》がうるさいしな」

でも部長、と尚《なお》も抗議をしようとしたノムラを笑顔で制したタザワは、百瀬をまっすぐに見上げた。かわした視線で何かを感じ取ったらしい。百瀬は頷いた。

「わかりました。僕が送ります」

百瀬の車の助手席に乗り込むと、ごめんな、ともう何度目かわからない謝罪をされた。謝ってもらうようなことはないですと返したが、またごめんと謝られてしまった。

それきり黙って運転している百瀬を横目で見遣る。窓からかわるがわる差し込む街灯やネオンの光が濃い影を作るせいで、精悍《せいかん》な横顔に浮かぶ表情はわかりにくい。

それでも百瀬が何かを考え込んでいることは伝わってきた。

ほんまに気にしてへんのに。

個人を特定できるような情報を流されたわけではないし、写真を撮られたわけでもない。仮に撮られたとしても、一般人である翔大の顔にはモザイクがかけられるはずだ。そもそも外では恋人らしい接触を一切《いっさい》していないのだから、撮られて困ることもない。

だからいつものように笑ってほしいと思う。

いや、笑わなくてもいい。もっとリラックスしてほしい。

何か話そうと思ったが、何を話していいかわからなかった。こういうときは本当に、口下手《くちべた》な自分が恨《うら》めしい。

沈黙を乗せたまま、車はマンションに到着した。

「翔大君」

車が停止すると同時に呼ばれ、はいと応じる。百瀬を見遣ると、彼もこちらを向いた。ハンサムという言葉で表すには個性の強い面立《おもだ》ちには、やはり困ったような表情が映っている。

「しばらく、会うのやめよか」

翔大は瞬きをした。百瀬がそんなことを言うなんて、想像もしていなかったのだ。

「何でですか」

「記者が店に行っただけと違《ちご》て、翔大君個人のとこへも行ったんやろ。これ以上迷惑かけられん」

「迷惑やないです。仕事の邪魔されたわけやないし、暴力振るわれたわけでもない。確かに記者の人は来ましたけど、ずっと付きまとわれたわけやないですから」

事実をありのまま言ったが、百瀬は寄せた眉を解かなかった。

「うん。けどこれから先もたぶん、こういうことが何回もあると思うねん。ひょっとしたら、もっとひどいこともあるかもしれん。何回も続いたら、きっと負担になる」

「なりません」

「今はまだ最初やから」

柔らかな口調だったが、翔大はムッとした。翔大自身が負担にならないと言っているのだ。それを百瀬がなると決めるのはどうなのか。

ていうか、これから先も、て何や。

しばらくどころか、もう会わないような言い方ではないか。

百瀬の真意を計《はか》るためにじっと見つめると、彼は笑いながら泣いているような、複雑な表情を浮かべた。

「翔大君の本来の日常に、誰かにしつこう声かけられたりとか、全然面識のない人に突然呼び出されたりとか、そういうのないやろ。仕事がんばって、休みの日にはゆっくり家事して。翔大君の日常は、そういう穏やかで静かな毎日や。けど僕と付き合う限り、ずっととは言わんけど、少なくとも何年かは周りの目を気にする状態が続く。二十代後半から三十代半ばの、翔大君の人生で、たぶん精神的にも身体的にも一番充実する大切な時期に緊張した状態が続くんや。翔大君の大事な時間を、僕が奪《うば》うことになる」

百瀬が言っていることは、ノムラに言われたこととほとんど同じだった。彼と付き合うのは、一般の人と付き合うようにはいかない。ましてや男同士だ。公《おおやけ》にはできない。

けど、そんなことわかってる。

わかっていて、それでも一緒にいたいから、好きだから付き合っているのだ。百瀬に奪われるものなど何もない。

なんとか自分の思いを口にしようと言葉を選んでいると、百瀬がぽつりと言った。

「そういうのは、僕が耐えられん」

翔大は瞬きをした。

それは、考えんかった。

「……けど、百瀬さん」

我知らず掠《かす》れた声が出た。

「さっき言わはったことは、最初からわかってましたよね」

「……うん」

「わかってて、付き合おうて言うてくれはったんでしょう」

こんなときでも、内心の焦《あせ》りは顔にも声にもほとんど出なかった。なるべく声を荒げないように意識したせいで、逆にいつもより淡々とした物言いになってしまう。

すると百瀬は、痛みを堪《こら》えるように笑った。

「うん、そうやな。わかってて言うた。けど、心のどっかでは巻き込んだらあかんて思《おも》てもいた」

ふいに百瀬の困った顔が脳裏《のうり》に浮かんだ。確かに彼は付き合う前から、否、付き合ってからも幾度も――そう、つい先ほどもひどく困った顔をしていた。

「それでも側におってほしいて望んだんは、僕の弱さや。ごめん。僕が悪かった。自分勝手やった。翔大君は何も悪《わる》ない」

僕が辛《つら》いと言われ、僕が悪いと認められて謝られてしまっては、反論のしようも説得のしようもない。

つまり、つまり。百瀬さんがほんまに言いたいことは。

「俺と、別れるってことですか？」

しん、と沈黙が落ちた。

何で今に限って、思たことがそのまま口に出てしまうんや。

すぐに後悔したが、一度音になってしまった言葉はなかったことにはならない。

百瀬は瞼《まぶた》を伏せて視線をそらした。

「考えといてくれんか？」

ぽつりと言われて、翔大はぎこちなく頷いた。頷くしかなかった。


マンションの窓際に腰を下ろした翔大《しょうだい》は、晴れ渡った空をぼうっと眺めた。

十二月に入ってから、晴れていたかと思ったら、数分後には雨やみぞれが降るという不安定な天気が続いている。昨日も午後から雨だった。こんなにカラッと晴れたのは久しぶりだ。

定休日の今日、本当なら朝から洗濯をして、猫の額《ひたい》ほどの小さなベランダに干す。そして窓を開け放ち、掃除機《そうじき》をかける。その後はトイレと風呂の掃除だ。どれも好きな作業なのに、何もする気が起こらない。

せっかく晴れやのにな……。

翔大は膝《ひざ》を抱《かか》えたまま、ゴロンとその場に寝転がった。視線の先にあるのは、炬燵《こたつ》の上に置かれた携帯電話だ。百瀬《ももせ》から別れを切り出されて一週間。本当にメールも電話も来なくなった。もちろん『まさとら』にお好み焼きを食べに来ることもない。

百瀬は考えておいてくれと言った。

俺が電話なりメールなりするんを待ってはるんや。

あるいは、一週間経《た》った今日辺りに連絡を入れるつもりなのかもしれない。

どちらにせよ、百瀬の心はもう決まっている。

悲しいとか寂しいとか辛いとか、そういう感情はなぜか湧《わ》いてこなかった。涙も出ない。感情が麻痺《まひ》してしまっている。

俺の何があかんかったんやろ。

百瀬は翔大は何も悪くないと言ったけれど、本当にそうだろうか。

自分は恋人として相当面倒で、つまらなかったと思う。抱きしめられただけで固まってしまったし、気のきいた言葉で喜ばせることもできなかった。

そういえば、セックスはもちろんキスもしていない。好きとすら言われたことも、言ったこともなかった。

ひょっとして百瀬さんは早々《そうそう》に別れる予感がしたから、俺に好きて言わへんかったんやろか。キスもセックスもせんかったんか。

「しといたらよかったな」

心の内のつぶやきが自然と口に上《のぼ》る。

体の関係があれば、百瀬は別れなかったかもしれない。翔大は男性とセックスをしたことがない。百瀬が初めてだ。優しい彼はきっと責任を感じて、別れずにいてくれただろう。

「……アホか」

翔大は自分にツッこんだ。罪悪感に縛《しば》られた百瀬など見たくない。

俺は、あの人にリラックスしてもらいたかったんや。俺の側《そば》でのんびり寛《くつろ》いでもらいたかった。

翔大は寝転がったまま、再び炬燵に視線を戻した。大きな猫のように丸くなって寝ていた百瀬を思い出す。幸せそうで、嬉しそうだった。

そういやあのとき渡した合鍵、返してもろてない。

ぼんやり思い返していると、ピンポーンとチャイムが鳴った。ハッとして体を起こす。

百瀬さんか？

いや、彼が来るはずがない。

でも、もしかしたら。

立ち上がった翔大は、もつれる足を叱咤《しった》して玄関までたどり着いた。サンダルを履《は》くのももどかしく、勢いよくドアを開ける。

「おわっ、びっくりした。おまえ、相手確かめてからドア開けろや。変な押し売りとかやったらどうすんねん」

目を丸くしてまくしたてたのは、次兄《じけい》の雄大《ゆうだい》だった。一週間前と同じように仕立ての良いスーツを着ている。ただし今日は肩から斜《なな》めに大きなバッグをかけており、右手には紙袋を提《さ》げていた。

「ちょっと時間あったから様子見に来てん。昼飯食《く》うたか？」

「いや」

「そか。弁当買《こ》うてきたから食おう。ここの弁当、ごっつ旨《うま》いねん」

うんと頷くと、兄はニッコリ笑った。

体を引き、再び部屋の中へ戻る。お邪魔します、と律儀《りちぎ》に言って後をついてきた兄に炬燵へ入るよう促《うなが》した翔大は、茶をいれるべく流し台に立った。

百瀬さんやなかった……。

兄が訪《たず》ねてくれたのはありがたいが、なまじ期待しただけに落胆が大きい。

「百瀬さんと何かあったか」

背後からいきなり飛んできた質問に、翔大は息を飲んだ。

察しのいい兄は、それを正しく肯定《こうてい》ととらえたようだ。小さく息を吐く。

「おまえの方から離れたわけやないよな」

無言で頷くと、やっぱり、と兄はつぶやいた。

「おまえはガキの頃から、とにかくマイペースやったもんな。いっぺん自分の日常の中に入れてしもたもんには、どんなにペースを乱されても動じひん。それも日常やて受け入れて、最終的にはやっぱりマイペースで進む」

「別に、そんな立派なもんとちゃう」

「そうか？　俺が小四でおまえが小二のとき、奈良の叔母《おば》ちゃんから猫を預かったことがあったやろ。あのときも全然言うこときかへん猫に文句ひとつ言わんと面倒みとったやないか。かというて、何もかも猫に合わしてやるんとは違《ちご》たよな。なんやかやで自分がやりたいようにやってるみたいで、不思議な感じやった」

そういえば、そんなこともあった。文句を言わなかったのは、不満を並べるよりも受け入れてしまった方がいいと思ったからだ。

いや、思《おも》たていうより、自然とそういう風になってた。

なんといっても、翔大はその猫が好きだったのだ。だから受け入れるのは少しも苦痛ではなかった。

「百瀬さんも、おまえが嫌いになったとかやないんやろ。ここ一週間、目に見えてげっそりしてはるから、おまえはいったい何をやってんのやてタザワ部長にめっちゃ怒られてはったわ。二人でこれからのことをちゃんと話し合うために送れて言うたのに、別れるてどういうことや、てな」

「――別れるて言い出さはったんは百瀬さんや。俺やない」

急須に湯を注《つ》ぎながら振り返らずに言う。

いや、百瀬は別れるという言葉は口にしていない。言ったのは翔大だった。

しかしそれは、彼が言おうとしていることを要約しただけだ。

うん、と兄は頷く。

「百瀬さんはなまじ優しいて常識もあるから、その分臆病《おくびょう》でズルイとこがあるんやと思うわ。おまえが傷つくことで、自分が傷つくんを恐れてはる。特にここ一年ほど、仕事は順調でも精神的には不調みたいやから、いつも以上に防衛本能が働いてるんかもしれんな」

ほとんど独り言のようにつぶやいた兄を振り返ると、彼は以前、百瀬が座っていた場所にいた。違和感とも寂寥感《せきりょうかん》ともいえない感情がせり上がってくる。そういえば、この部屋に他人が訪れたのは百瀬が初めてだった。

無言で茶を出すと、ありがと、と兄は礼を言った。軽く頷いて兄の正面に腰を下ろす。炬燵には既に弁当が並べられていた。シューマイ弁当だ。食欲をそそる肉の香りが漂《ただよ》っている。早速《さっそく》弁当の包み紙をとり始めた兄は、なあ、翔大、とまた声をかけてきた。

「百瀬さんの考えは、この際横に置いといて。おまえはどうなんや」

「どうて」

「百瀬さんのこと、好きか？」

同じく包み紙をとっていた手が自然に止まった。兄も手を止めたので、部屋は静けさに包まれる。

「……好きに決まってる！」

誰にも、そう、当の百瀬にすら言えずにくすぶっていた想いを吐き出すように、翔大は低く怒鳴《どな》った。

ああ、俺は怒ってたんや。

悲しいとか寂しいとか辛いとか、そういう感情が湧いてこなくて当然だ。別れを切り出された衝撃が大きくてよくわからなかったが、百瀬の身勝手さと臆病さに、自分は怒っていたのだ。

何で俺に別れるつもりかて聞かせたんや。俺は別れたないのに、そんなん言わせるて卑怯《ひきょう》やないか。

だいたい負担になるて、何で俺のことを勝手に決めつけんねん。俺の時間を奪《うば》うとか、そんなん百瀬さんの思い上がりや。俺はあの人に奪われるようなタマやない。俺は自分がしたいことをする。それだけのことや。

「そしたら、おまえからいけ」

静かに、しかし断固たる口調で言った兄に、翔大は眉を寄せた。

「いけって」

「臆病な奴にはな、臆病やない奴が強引《ごういん》にいくしかないんや。臆病な俺が言うんやから間違いない」

「雄兄は臆病やないやろ」

むしろ逆だ。皆が恐れるようなことでも、平気でやってのける。

しかし兄は、いやいやと首を横に振って苦笑した。

「俺は肝心《かんじん》なときにビビッてしもた臆病者や。相手が強引にきてくれたからどうにかなった」

そういえば、兄には長く付き合っている恋人がいるらしいと母に聞いた。今年の正月に帰省しなかったのは、その恋人に手作りのお節《せち》料理を振《ふ》る舞《ま》うためだったという。お節作るくらいやからうまいことといってんのやなと思っていたが、どうやらすんなりと恋人になったわけではないようだ。

「ごめんな、翔大」

「何が」

「百瀬さんが必要以上にビビらはったん、俺のせいもあるかも」

「何で」

「俺の恋人、男なんや。百瀬さんもそれ知ってはるから、女としか付《つ》き合《お》うたことのないおまえと付き合《あ》うんはけっこう勇気がいったと思う。三人兄弟のうち二人がゲイになるわけやし」

シューマイを頬張《ほおば》りながらあっさりカムアウトした兄を、翔大はまじまじと見た。

雄兄の恋人、男なんか。

正直、驚いた。快活《かいかつ》で明るい兄は学生時代、女性にもてていたように思う。同性に興味がある風には全く見えなかった。

――そんでも、好きになったんやな。

翔大が百瀬を好きになったように、兄も性別を超えて誰かを好きになったのだろう。

思い返してみれば、翔大が雄大の弟だとわかったとき、百瀬はひどく困った顔をした気がする。

「まあでも、うちは公兄《こうにい》がおるし」

既に妻子のある長兄、公大の名前を出すと、そやな、と次兄は頷いた。

「けどオカンは俺ら兄弟全員が男と付き合《お》うても、そんな無茶苦茶は反対せん気がするな。一《ひと》月《つき》ぐらいは寝込むかもしれんけど」

「それよりオトンが」

「ああ、オトンは確実寝込む」

パワフルで豪快な母親と、そんな母に心底惚《ほ》れて、これから先の人生あなたについていってもええですか、とプロポーズしたというおとなしい父親の顔を思い浮かべる。

たっぷり愛情を注《そそ》いで育ててくれた両親に、いつかは話す日がくるかもしれない。が、今はまだそのときではない。

とにかく、俺は百瀬さんをつかまえんとあかん。

「雄兄」

「ん?」

「ありがとう」

翔大は兄に頭を下げた。百瀬の様子から、二人の間にトラブルがあったと察して、わざわざ来てくれたのだろう。忙しい中で時間を作ってくれた兄には感謝してもしきれない。

しかし兄はけろりと言った。

「俺は何もしてへん。弁当食べに来ただけや。それより、がんばれよ」

こくりと頷いた翔大は、気合を入れるように大きく息を吐いた。いただきますと手を合わせてから、シューマイ弁当を食べ始める。腹が減っては戦《いくさ》ができない。


百瀬のスケジュールは次兄が教えてくれた。部外者に教えていいのかと尋ねると、タザワとノムラには了解をとってあるという。

百瀬は多忙だ。メールで想いを伝えるか、電話で話そうかとも思った。が、大切な話は顔を見て直接言った方がいいと判断し、彼のスケジュールに合わせて待ち伏せをすることにした。

とはいえ芸能界は、必ずしもスケジュール通りに事が運ぶわけではない。昨夜《ゆうべ》、マンションの前で二時間ほど百瀬を待ったが、彼は帰ってこなかった。翔大も仕事があるため、深夜には帰宅せざるをえなかった。

今日こそは会う。

仕事を終えた翔大は、思い切ってタクシーをつかまえた。

百瀬からはやはり何の連絡もない。こちらが動くしかない。

今日、百瀬はラジオの生放送にゲスト出演するという。それを終えたら、すぐ帰宅するはずだと兄は教えてくれた。

タクシーに乗った時点で、ラジオ番組は既に終盤《しゅうばん》にさしかかっていた。イヤフォンで放送を聴きながら、百瀬のマンションをめざす。

『この歌、ええなあ。俺は歌の良し悪《よあ》しは全然わからんけど、めっちゃ好きやわ。カワイイ感じやのに、なんか切ないとこがええ』

耳に飛び込んできたのは百瀬の声ではなく、もう少し年上の男の声だった。確かこの声は、ベテラン漫才コンビ『バンデージ』の相川《あいかわ》だ。

そういや百瀬さん、去年映画で共演してたっけ。

相川は漫才師としてだけではなく、俳優としても活躍している男だ。もう二十年近く芸能界の第一線にいる、押しも押されもせぬ人気芸人である。

『ありがとうございます。相川さんにそう言うてもらえると嬉しいなあ』

百瀬の声がイヤフォンから聞こえてきて、翔大は思わず息をつめた。久しぶりに聞く声に、ぎゅ、と胸がよじれるように痛む。

『タイトル聞いたときは何で今の季節にソラマメやねんて思《おも》たけど、初夏に実が生《な》るってことは冬に育つってことやもんな。今日歌聞いて納得したわ』

ソラマメ。

相川のその言葉に、ホームセンターで手にとったソラマメの種が脳裏《のうり》をよぎった。

『この歌詞、やっぱり太陽がモモで、ソラマメがファンのコらなんか？　僕がソラマメにいっぱいエネルギー与えますよー、ていう』

相川に悪戯《いたずら》っぽく問われ、百瀬は笑う。

『とんでもない。逆ですよ逆。太陽の愛がほしいソラマメは僕です』

『うわ、真顔で言いよった。これは本気の真顔ですよリスナーの皆さん。嘘つけモモ、この万年モテ男が』

『嘘ちゃいますて。太陽の光がほしいんは僕です』

——本音や。

今、百瀬が言ったことは彼の本心だ。

確信した途端、胸が強く痛む。

上着の上から胸を押さえている間にも、番組は進行する。

『ていうか、相川さんにだけは万年モテ男とか言われたないですわ。抱かれたい男ランキングで殿堂入《でんどうい》りしたくせに』

『あー、おかげさんでありがとうございます。けど俺、実際はお姉ちゃんに抱いててお願いされたこと、いっぺんもないんやけど』

相川の言葉に、えー！　と百瀬は驚きの声をあげる。スタッフのブーイングらしき音も微《かす》かに聞こえてきた。

一方の相川は、笑いながら続ける。

『いや、ほんまやって。ほんまや言うてるやろ！　なあモモ、おかしい思えへんか？』

『僕に聞かんといてください。そういうわけなんで太陽の皆さん、ソラマメの僕に光を与えてくださいね。皆さんあっての僕ですから！』

百瀬と相川はまだ話していたが、耳に入ってこなかった。かわりに、いつかの自分と百瀬のやりとりが甦《よみがえ》ってくる。

ここに、ソラマメて莢《さや》が空向いて生るて書いてるんです。寒いときに芽が出るみたいやから、暖《あった》こうなっても日の光に当たりたい気持ちが強うて、空向くんかなと思《おも》て。

ソラマメ。ソラマメ。ソラマメか。

目の奥がツンと痛んだかと思うと、涙が滲《にじ》んだ。

アホやなあ、百瀬さん。光がほしいのに、何で自分から陰に入るような真似《まね》するんや。


百瀬のマンションに着いた翔大は、携帯電話で早速《さっそく》彼の新曲について調べた。どうやら『ソラマメ』は、アルバムに先行して発売されるシングルのタイトルらしい。大手飲料メーカーが新しく発売する野菜ジュースのコマーシャルでも使われるようだ。コマーシャルには百瀬自身も出演するという。

もうダウンロードできるんやろか。

芯《しん》まで凍《こご》えた強い風が吹きつけてきたが、気にならない。歌が聴きたくて更に検索していると、車道でキッとブレーキの音がした。反射的に顔を上げる。

目の前に白い乗用車が停まっていた。助手席のドアが開き、ツイードのジャケットに細身のパンツという格好《かっこう》の長身の男が押し出される。――百瀬だ。

「ちょ、ノムラさん、痛い痛い痛い！」

「うるさい。ここ駐禁なんだから、さっさと降りてちょうだい」

「や、でも」

「降りろっつってんでしょ」

百瀬はとうとう車から、ぺ、と放り出された。閉まりかけたドアの向こうに一瞬、百瀬のマネージャーの顔が見える。素早い会釈《えしゃく》を残し、ドアが閉まった。かと思うと、車はあっという間に走り去る。

人気《ひとけ》のない深夜の歩道に残されたのは、百瀬と翔大の二人きりだ。逃《のが》れられないと覚悟を決めたのだろう、百瀬は曖昧《あいまい》な笑みを浮かべる。

「待っててくれたんか?」

こくりと頷いた翔大に一度は目を向けたものの、百瀬の視線はすぐ道路へ落ちた。街灯の明かりしか光源がない上に、うつむき加減なので、表情はよくわからない。しかし兄が言っていた通り、ひどくやつれたように見えて胸が痛んだ。

アホやなあ、とまた思う。付き合っても辛《つら》い。別れても辛い。どちらも同じように辛いのなら、付き合っていてもいいではないか。

そういう風に思うんは、俺が百瀬さんより臆病やないからかもしれんけど。

翔大はまっすぐに百瀬を見上げた。

「この一週間、考えたことを言いに来ました」

「――うん」

「外では話せんから中に入れてください」

「え。――ああ、そうやな。気付かんでごめん。中で話そう」

慌てたように頷いた百瀬は、早速マンションに足を向ける。後に続くと、百瀬の方から話しかけてきた。

「長いこと待ってた?」

「いえ。十分くらいです」

「そか。寒かったやろ。疲れてんのにごめんな」

「いえ」

百瀬は振り向かない。しかし声は優しい。

翔大は我知らずほっと息をついた。

この人は、俺を嫌いになったわけやない。嫌われてへんのやったら大丈夫や。

言葉を探しあぐねているのか、百瀬はそれきり無言になった。翔大も黙って彼についていく。

広い玄関で靴を脱いだ後、リビングに通された。前に訪れたときより荒れた感じがするのは、ローテーブルにビールの空き缶が複数放置されているのと、ラックに乱雑に押し込められた雑誌や新聞が今にも床へ落ちそうになっているせいだ。百瀬は特別きれい好きというわけではないが、ゴミやいらない物はすぐに捨てていた。

そういう気力もなかったってことか?

首を傾《かし》げると、百瀬は慌てたようにローテーブルの上の空き缶をかき集めた。

「散らかっててごめん。すぐ片付けるから座って待ってて」

「百瀬さん」

翔大は立ったまま呼んだ。

百瀬の肩がわずかに揺れる。

「俺、別れませんから」

はっきり言うと、百瀬は驚いたように顔を上げた。限界まで見開かれた目は赤い。

その疲れが滲んだ双眸《そうぼう》を、翔大は迷うことなく射抜いた。

「負担になるとかそんなん、俺のことを何で百瀬さんが勝手に決めるんですか。俺が大丈夫やて言うてるんやから大丈夫です」

「や、けど」

「俺は百瀬さんより年下やけど、一人で何も決められんガキやない。どういう人生歩くかは自分で決めれます。百瀬さんに勝手に決められる筋合《すじあ》いはない」

言葉を重ねているうちに、怒りがじわじわと湧きあがってきた。この一週間で溜まりに溜まったそれが、一気に爆発する。

「あんた、何を勝手に別れる気になってるんですか。俺が一般人で自分が芸能人やからですか。誰にも言えん？　外でデートできん？　記者に押しかけられる？　そんなもんどうとでもなるし、俺にとったら全然たいしたことやない。芸能人がなんぼのもんじゃ。人を見くびるんもたいがいにせぇよ。あんたが辛いんやったら、俺が辛《つら》ないようにしたるわ。それくらいの気持ちがなかったら最初から付き合わん」

一息にそこまで言い切って、翔大はぽかんと口を開いている百瀬をにらみつけた。怒りに任せたせいで支離滅裂《しりめつれつ》なことを言った気もするが、どうでもいい。

「とにかく、俺は別れません」

きっぱり宣言すると、百瀬はゆっくり瞬《まばた》きをした。

「翔大君」

「何ですか」

「カッコイイ」

「普通です」

ぶっきらぼうに即答した翔大は、つかつかと百瀬に歩み寄った。そして彼の腕を強くつかむ。

「行きますよ」

「え、どこへ」

「寝室」

「え、何で?」

「セックスします」

「ええ！　ちょ、何で急に」

「あんた、やることやったらあきらめそうやから」

つかんだ腕を引っ張ったが、百瀬は動かない。それどころか、必死で振りほどこうとする。

「あ、あきらめるて、何を」

「俺と別れることを、ですよ。どうせキスもセックスもしてへんし、別れても俺の傷にはならんとか思てたんやろ」

図星だったのか、百瀬は言葉につまった。

この人、ほんまに臆病やな。

それに狡《ずる》い。たとえキスやセックスをしていなくても、肝心《かんじん》の心を捕らわれてしまっては手遅れなのに。

ほんまに何もわかってへん。

また腹が立ってきた。

「寝室どこですか」

「ちょっ、ちょっと待って、翔大君。落ち着こう。冷静になろう」

「俺は冷静です」

火事場のバカ力というやつだろう、自分より十センチほど背が高い百瀬を、どうにかリビングの出入り口まで引っ張ることができた。が、そこから先になかなか進めない。

「冷静とちゃうて。よう考えてみぃ、男とセックスするんやで。男に触《さわ》られて入れられるんや」

「わかってます」

「いやいやいや、わかってへんて」

とことん往生際《おうじょうぎわ》が悪い百瀬を、翔大は振り返った。腕をつかんだまま距離をつめ、まっすぐに見上げる。

「俺はわかってるて言うてんのや。信じろ」

百瀬はまた目を見開いた。丸くなった双眸が次第に細められる。

切れ長の双眸が今にも泣き出しそうに潤《うる》むのを見つめていると、ふいにきつく抱きしめられた。耳元で、翔大君、と呼ぶ掠《かす》れた声がする。

「好きや」

初めて聞く告白に、胸の奥が焼けるように熱くなった。その熱はたちまち全身に広がり、指の先にまで浸透《しんとう》する。

俺も好きです、と返そうとした言葉は、貪《むさぼ》るような口づけに奪われた。

絶え間なくキスをかわしながら寝室になだれ込んだ後、自《みずか》ら衣服を脱ぐだけではなく、互いに脱がせ合った。とはいうものの、経験と体格の差があるからだろう、百瀬の衣服を全て脱がせてしまう前に、翔大はあっという間に生まれたままの姿にされた。寒さは感じなかった。粟《あわ》立《だ》つはずの肌は既に熱をもっていたのだ。

広いベッドに組み敷かれても尚《なお》、少しも怖くなかった。それどころか、肌に直接触れてくる百瀬の手にひどく興奮してしまう。羞恥《しゅうち》は確かにあったが、情欲がはるかに勝《まさ》り、翔大は喘《あえ》いだ。もっと触ってほしくて触りたくて、自ら百瀬にしがみつく。

翔大の首筋や肩、胸に忙《せわ》しなく口づけた百瀬は、やがて触れられていないにもかかわらず、既に反応している劣情《れつじょう》に手を伸ばした。

「は、あ……」

長い指と大きな掌《てのひら》で包み込むように愛撫《あいぶ》され、掠《かす》れた声が漏れた。

めちゃめちゃ気持ちいい。

百瀬が与えてくれる快感に耐え切れず、自然と腰が揺れる。背中が反《そ》り返《かえ》り、足の指先がシーツをひっかく。自慰《じい》はもちろん女性の中に入れたときですら、これほど感じたことはない。

百瀬の手が動く度《たび》に性器からあふれる淫《みだ》らな水音や、乱れた呼吸の合間に混ざる己《おのれ》の嬌声《きょうせい》、そして百瀬の荒い息遣いが耳から一度に入ってきて、翔大をいっそう煽《あお》った。

「翔大、翔大君……」

愛《いと》しげに呼ばれ、先端を弄《いじ》られる。

「あっ、んん」

大きな声が漏れそうになって思わず唇をかみしめると、百瀬に口づけられた。間を置かずに濡れた感触が口内へ入り込んでくる。

「んう、ふ、あふ」

翔大に大きく唇を開かせて息を継《つ》がせながら、百瀬は舌で口腔《こうこう》の敏感《びんかん》な部分を執拗《しつよう》に愛撫した。二人の唾液《だえき》が交じり合う水音が、耳の奥で淫靡《いんび》に響く。

こんなやらしいキス、したことない。

きつく目を閉じた翔大を、百瀬は劣情を執拗に愛撫することで更に追いつめる。性急に煽った次の瞬間には、力を緩《ゆる》めてはぐらかす。茂《しげ》みに指をひっかけて悪戯《いたずら》をしたかと思うと、とろとろとあふれたものを、震える幹《みき》になすりつけて撫《な》で扱《しご》く。

こんなやらしい触り方、されたことない。

「や、百瀬さ……」

半《なか》ば無理矢理口づけから逃れ、翔大は恋人の名前を呼んだ。どちらのものともしれない唾液に濡れた唇をペロリと舐《な》められ、体が打ち震える。

「気持ちええやろ?」

「ん……、ええ……、けど、もう」

「いきたい？」

こくこくと何度も頷くと、今まで散々焦《さんざんじ》らしたのが嘘のように、百瀬は強く促《うなが》した。

刹那《せつな》、下半身を痛いような快感が直撃する。

「あ……！」

勢いよく迸《ほとばし》ったものが腹や胸だけでなく、鎖骨《さこつ》の辺りまで飛んできた。その感触にすら感じて、あ、あ、と小さく嬌声を漏らしてしまう。無意識のうちに身をよじると、ふいに視線を感じた。

——見られてる。

百瀬が見ている。情欲に濡れた視線が、愛撫するかのように全身を這いまわる。

あかん。そんな、見たら。

ぐったりと力を抜きかけた四肢《しし》に、再び官能の火が灯《とも》るのがわかった。敏感になった体は絶頂の余韻《よいん》に浸《ひた》る間もなく、早くも次の坂を登り始める。

「あ、あ……」

止めようとしても止められない。せめて高ぶる劣情を見せまいと体を横にすると、その体勢のまま片方の脚だけを持ち上げられた。たちまち奥まった場所が外気に晒《さら》される。

そうか。そこに入れるんや。

ぼんやりと悟《さと》ったものの、やはり怖くはなかった。嫌悪《けんお》も感じない。百瀬に見られていることは恥ずかしいけれど、それ以上に彼と繋《つな》がりたいと思ってしまう。

翔大が意識して力を抜いたのがわかったのだろう、百瀬が嬉しそうに笑う気配がした。

「ローション使うからな。ちょっと冷たいけど、我慢して」

甘ったるいくせに、獣《けもの》の獰猛《どうもう》さを感じさせる声で囁かれたかと思うと、露《あらわ》になった場所に冷たいものが触れた。ビク、と跳ねた体を宥《なだ》めるように、百瀬は入口を優しく撫でる。やがて、指がゆっくり中に押し込まれた。

「う……」

「力抜いて」

言われて、素直に力を抜く。すると指は更に奥へと進んだ。

「はっ、あ、あぁ」

思わずきつく目を閉じる。百瀬の指が骨太で長いせいだろうか。たった一本入れられただけなのに息がつまる。痛くはないが、ひどく苦しい。

けど、これやってもらわんと入らへんのや。

男同士のセックスについて、それくらいの知識はある。

意識して深く息をしている間に、指は少しずつ動き出した。硬く閉ざされた場所を解《ほぐ》すように抜き差しされる。ローションが足されたらしく、また冷たい感触がした。くちゅ、という淫らな水音と共に、指が中へ入ってくる。

耳に届いたその音に思わず身じろぎすると、百瀬が心配そうに尋ねてきた。

「痛いか?」

「だい、じょぶ、です……」

「ほんまか?」

翔大はこくりと頷いた。実際、指一本だけなら違和感を覚えなくなってきている。もしかしたら、一度絶頂へと導かれた体が、そこで得られる快楽を予感しているのかもしれない。二本目を入れられても、劣情が萎《な》えてしまうことはなかった。それどころか、シーツと己の腹の間で雫《しずく》を零《こぼ》している。

気持ちええ、かも。

ぼんやりとそんなことを思ったとき、百瀬の指がある一点を強く押した。

痛みと紙一重の痺《しび》れに下半身を貫《つらぬ》かれ、ひ、と悲鳴をあげてしまう。

「ここ、気持ちええやろ」

「え……、やっ、あ!」

そこを抉《えぐ》るように愛撫されて、感じたままの嬌声が唇からあふれた。痺れの正体は強い快感だと気付いたが、もう遅い。

「あっ、あっ、ん、あぁ」

続け様《ざま》に与えられる強烈な快感に、翔大は身悶《みもだ》えた。いつのまにか三本に増えた指の動きに合わせ、腰がくねるのを止められない。劣情がシーツに擦《こす》れて更なる快感を生む。

気持ちいい。熱い。熱くてたまらない。

「は、あっ……、あ」

開きっぱなしになっている唇から唾液《だえき》がこぼれ落ちるのを感じながら、翔大は頭のすぐ上にあった枕をつかみ寄せた。何かに縋《すが》っていないと体が溶けてなくなってしまいそうで、そのまま枕をぎゅっと握りしめる。

もう少しで二度目の絶頂《ぜっちょう》を迎えるというところで、ふいに指が引き抜かれた。

「や、いや」

既に理性がほとんど飛んでいた翔大は、首を捻《ね》じ曲《ま》げて百瀬を見上げた。涙で滲んだ視界に、男の顔がぼんやりと映る。

どんな表情をしているかはわからなかったが、食らいつくような視線を向けられたことだけははっきりと伝わってきた。

「……もせさ、もっと、して」

欲望に忠実にねだると、百瀬は喉を鳴らした。

「ん。今、あげるから」

情欲を滴《したた》らせた低い声で囁かれると同時に、強い力で腰を引き上げられる。今し方まで思う様愛撫されていた場所を百瀬に向かって突き出していると自覚したときには、大きな熱があてがわれていた。間を置かず、それは翔大の中に入ってくる。

「あっ、あー……！」

狭い場所を強引に押し広げられ、翔大は悲鳴に近い声をあげた。丁寧に解されたはずなのに凄《すさ》まじい圧迫感《あっぱくかん》が襲《おそ》いかかってきて、うまく呼吸ができない。

はくはくと息を吐いている間にも、指と比べ物にならない大きなそれが体の奥深くまで押し込まれる。

「もう、あぁ、あ！」

もうそれ以上は無理だと言いかけたそのとき、ようやく侵入が止まった。腹の中で百瀬が息づいているのが、内壁《ないへき》を通して直接伝わってくる。

苦しい。熱い。痛い。

けれどたまらなく嬉しい。

俺の中に、百瀬さんがおる。

「大丈夫か……？」

色めいた百瀬の声は、なぜか耳だけではなく、繋がった場所からも翔大の中に入り込んできた。あ、と思わず声を漏らすと、百瀬も低くうめく。

「翔大君」

「や、声……」

「声……？　声が何や」

応じるかわりに翔大は甘い嬌声をあげた。意識しないうちに、百瀬を飲み込んだ場所も艶《なま》めかしくうねる。

その反応で、翔大が声でも感じているとわかったらしい。百瀬はまた、翔大君、と呼んだ。

「好きや」

「あ、あっ」

「好きやで」

「やぁ、や」

ぞくぞくと寒気にも似た快感が走り抜けた背中を反らすと、それに合わせて百瀬がゆっくりと出ていく。

「や、嫌や、まだ」

繋がっていたくて、百瀬を追いかけて腰を揺らす。すると、翔大の動きを予測していたかのように、百瀬は一度引いた劣情を突き入れてきた。

勢いよく貫かれて悲鳴をあげる。再び背中が反り返り、またしても百瀬が出ていく。

「あ、いや……！」

百瀬を逃したくなくて突き出した腰を、望み通りに容赦《ようしゃ》なく侵《おか》される。

気付けば、翔大は百瀬の動きに合わせて夢中で腰を振っていた。繋がっているという実感が、苦痛を快感へと変換してゆく。

嵐のような快楽の中、自分がいつ三度目の絶頂を迎えたのかわからなかった。射精の後の解放感や充足感を味わう間もなく揺さぶられ、翻弄《ほんろう》される。

それでも一際《ひときわ》強く貫かれた直後、腹の中で百瀬が達したのはわかった。百瀬の艶《つや》っぽいうめき声に耳をくすぐられ、身震いする。

俺の体、また反応してる……。

一度では足らない。もっと百瀬を感じたい。

ずるりと抜き出される感触に、あぁ、と翔大は切ない声をあげた。

「百瀬さん……」

腰を突き出した淫らな姿勢のまま呼ぶと、翔大君、と低く響く声で呼び返される。

願いが叶えられる予感に、翔大は熱いため息を落とした。


店の扉が開いて、いらっしゃいませ、と翔大は声をかけた。こんにちは、と顔を覗かせたのは百瀬だ。翔大と視線が合うと、嬉しそうに目を細める。

夕食時には間があるせいで、まだそれほど混んでおらず、一番奥の翔大の前の席は空《あ》いていた。津久井《つくい》の前も空いていたが、百瀬は迷うことなく翔大の前に歩み寄ってくる。もう当たり前のことなので、津久井は特にリアクションをしない。

「やー、外めっちゃ寒いでー」

「寒波《かんぱ》がきてるらしいですね」

「今年のクリスマスは雪降るかもな」

他愛《たわい》ない会話をしながら翔大の前の席に腰かけた百瀬は、ニッコリ笑ってこちらを見上げる。

「豚玉《ぶたたま》とウーロン茶お願いします」

「豚玉とウーロン茶ですね。かしこまりました」

応じて、おしぼりとお冷やを用意する。柔らかく注《そそ》がれる百瀬の視線が快《こころよ》い。

初めて体をつなげてから、二週間ほどが経《た》った。百瀬はまた以前のようにメールや電話をしてくるようになったし、翔大のマンションに訪《たず》ねてきたりもするようになった。もちろん翔大も時間を見つけては、百瀬のマンションに通っている。

以前との違いは、スキンシップが増えたことだ。軽いキスや深いキスをくり返すときもあれば、ただくっついているだけのときもある。とはいえ、なかなか思うように時間がとれないため、セックスはまだ一度しかしていない。

二週間前、うつ伏せていた体を仰向《あおむ》けにされ、向き合う形で再び繋がった。後ろから入れられるのとはまた異なる角度で貫かれ、翔大は百瀬の首筋にしがみついてすすり泣き、身悶《みもだ》えた。

痛くて苦しかったけれど、やはりその何倍も気持ちよかった。

百瀬に手伝ってもらってシャワーを浴びた後、再びベッドに横になった。くたりと力を抜いた翔大の横に滑《すべ》り込《こ》んできた百瀬は、真顔で言った。

反則や、翔大君。エロすぎる。

エロすぎるて、何がですか。

尋ねた声が掠《かす》れたのは、あられもない声をあげ続けたせいだ。赤面していると、百瀬は嬉しそうに笑って翔大の髪をそっと梳《す》いた。

何もかも全部や。初めてやのに二回もしてごめんな。しんどかったやろ。

謝らんといてください。俺も一回では足らんかったから。

本当のことを言っただけだったが、百瀬は翔大の負担にならないように、しかし二度と離さないと言うように、ぎゅっと抱きしめてきた。そして、安堵《あんど》が滲《にじ》んだ深いため息を落とした。

名前の通りやったなあ。

名前って。

翔大君の名前。俺が飛び越えられんもんを、ポーンて飛んできてくれた。

クスクスと笑った百瀬は、翔大の額《ひたい》にそっと口づけた。

いろいろほんま、ごめんな。

……いいですよ、もう。

密着した百瀬の体の温かさに心底ほっとしながら、翔大は欠伸《あくび》まじりに答えた。百瀬さんが臆病な分、これからは俺がフォローしますからと言いたかったけれど、仕事の疲れと濃厚《のうこう》なセックスの疲れが一気に襲いかかってきて、そのまま眠ってしまった。

百瀬が『まさとら』に具合が悪いので休むと連絡してくれたと知ったのは、翌日の昼頃に目を覚ました後のことだ。

今回はしゃあないけど、次からはちゃんと仕事のこと考えぇやー。

急に休んだことを謝罪した翔大に、何をどこまで知っているのか、社長はニッコリ笑ってそう言った。やはり謎の人である。

豚玉を焼いていると、本多《ほんだ》の前にいた女性客の携帯が鳴った。百瀬の『ソラマメ』が店内に響く。

「あ、すみません」

マナーモードにしておかなかったことだけでなく、百瀬に気付いていたからだろう、謝った女性は慌てて電源を切る。

ちらと百瀬を見遣《みや》ると、彼は柔らかく笑った。

『ソラマメ』は順調にヒットしている。ＣＤの売り上げはもちろん、ダウンロード数もトップらしい。一週間ほど前から始まった野菜ジュースのコマーシャルも好評で、ジュースそのものも着実に売り上げを伸ばしているようだ。

ソラマメが厳しい冬を越えられるのは、太陽に恋をしているから。

童話を思わせる『ソラマメ』の歌詞を要約すると、そんな感じだ。シングルのジャケットを手がけたイラストレーターが来月に『ソラマメ』の絵本を出すらしいから、童話的という表現はあながち間違っていないだろう。

僕の太陽は翔大君や。

臆面《おくめん》もなく言ってのけた百瀬に、翔大は赤面した。

「お待たせしました、豚玉です」

焼き上げた豚玉を百瀬の前に移動させる。ありがとうと律儀《りちぎ》に礼を言った彼は、早速手を合わせた。

「いただきまーす」

「どうぞ」

嬉しそうにお好み焼きを食べ始めた百瀬を、翔大は見つめた。

自分が本当に彼の太陽になれるかはわからない。けれど、どんなことが起ころうとも西へ沈み、翌日には必ず東から上る太陽に倣《なら》って、変わらずに百瀬の側にいたいと思う。

そうして紡《つむ》ぐ日々はきっと、青々としたソラマメのような実《みの》りを何度でも、二人にもたらしてくれるに違いない。

恋する太陽

KOI SURU TAIYOU

「最近いい感じになったって聞いてたけど、ほんとだねえ」

感心したような物言いと共に、シャッターを切る音が辺りに響く。

百瀬統也《ももせとうや》は苦笑して肩をすくめた。

「前はあかんかったような言い方やなあ」

「そうは言ってないけど。あ、いいね、その顔。もうちょっと顎上《あごあ》げて」

言われた通りに顎を上げる。再びシャッターを切る音が連続で聞こえてくる。

ここは都心から離れた田舎《いなか》にある喫茶店だ。大正時代に建てられた木造の郵便局を改装したというレトロな建物は、懐かしい温《ぬく》もりを漂《ただよ》わせている。テーブルや椅子、装飾品等も当時のものを使っているらしい。

年季の入った木枠《きわく》の窓の向こうには桜の木があり、満開の花が早くも散り始めていた。薄紅《うすべに》の花弁《かべん》が日差しを浴びて煌《きら》めきながら舞い落ちる様は、夢のように美しい。

定休日の今日、店内に客はいない。撮影が始まる前にやってきたオーナーも、挨拶《あいさつ》を済ませた後、一旦自宅へ帰っていった。撮影が終了したら連絡を入れる手筈《てはず》になっている。

「でも前より落ち着いたのは確かでしょ?」

「それはそうかもしれん」

「今回のアルバムの楽曲も、前とちょっと違うよね。あったかい感じになったっていうか、地に足がついたっていうか」

言いながら立て続けにシャッターを切る女性――青井《あおい》ワカコに、百瀬は内心で舌を巻いた。さすがよう見てる。

同い年の青井とは、売れないミュージシャンだった頃からの付き合いだ。今まで出したシングルやアルバムのうち、初期の数枚は彼女に撮ってもらった写真をジャケットとして使用している。

さっぱりした性格の青井とは初対面から馬が合い、以前は呑《の》みに行ったりもしていた。歌手としてブレイクする前、俳優として少し名前が売れてきた頃に二人で居酒屋へ入るところを写真週刊誌に撮られ、熱愛発覚！　などと騒がれたこともある。

しかし、あくまでも青井は友人だ。彼女は無性愛者で、相手が男であろうと女であろうと恋愛感情を抱《いだ》くことがない。対する百瀬はバイセクシュアルとはいえゲイ寄りだから、青井は恋愛対象からはずれている。互いのそうした事情を知ったのは随分と後になってからだが、そんな二人だったからこそ親しくなれたのだろう。

長い間売れないカメラマンだった青井も一昨年《おととし》に大きな賞を受賞し、今やあちこちで引っ張りだこだ。昨年、百瀬と同じ勝木《かつき》プロダクションに所属する人気アイドルにして実力派俳優でもある鷲津映一《わしづえいいち》の写真集を手がけたことで、更に知名度が上がった。その頃から呑みに行く機会が激減し、今ではたまにメールを交換する程度である。顔を合わせるのは本当に久しぶりだ。

「私は前より今の雰囲気の方が好きだなあ」

「そおか？　そらどうもありがとう」

「いえいえ、どういたしまして。あー、やっぱりこの店で撮影して正解だった。今のモモに雰囲気ぴったり！　すっごくいいよ、なんかじーんとしちゃう」

シャッターを切る青井の口許《くちもと》は楽しげに緩《ゆる》んでいる。満足のいくものが撮れているらしい。

新しいアルバムのジャケット撮影ためにこの店を見つけてきたのは、他ならぬ青井だ。数年ぶりに出したシングル『ソラマメ』を聴いたときから、彼女の頭の中には明確なイメージがあったという。過去に青井に撮ってもらったものを含め、今まではスタイリッシュなジャケットが多かったが、新しいアルバムはそれらとは雰囲気の異なるものになるだろう。

「ねえモモ、いい出会いでもあった？」

美人とは言えないものの、印象に残る個性的な青井の面立《おもだ》ちには好奇心が浮かんでいた。レンズを通して見る百瀬が、よほど以前とは違うらしい。

「さあ、どうやろな」

「あったんだ」

「この仕事してると、ええ出会いの連続ですよー」

「またうまいこと言って」

曖昧《あいまい》な物言いに終始《しゅうし》したのは、周囲に青井についているスタッフが何人かいるからだ。青井の下で働いている以上、信用できる人物だとは思うが、プライベートなことはできる限り口にしない方がいい。その辺りの線引きはちゃんとできると信頼されているのだろう、デビュー当時からの付き合いであるマネージャーの野村《のむら》は、電話をかけてくると言って出て行ったきり戻ってこない。

ええ出会いは、確かにあった。

脳裏《のうり》に浮かぶのは淡い笑みを浮かべた恋人、篠倉翔大《しのくらしょうだい》の顔だ。

彼のことを考えるだけで、なんとも言えない温かな気持ちになる。

「はい、オッケー。お疲れ様！」

ニコニコと笑いながらカメラを下ろした青井に、ありがとうございましたと頭を下げる。周囲のスタッフにもお疲れ様でしたと挨拶していると、青井が歩み寄ってきた。

「すっごくいいのが撮れたよ」

「そうか。仕上がりが楽しみや」

「期待してくれていいから。太陽によろしくね」

後半の言葉は、声を落として囁かれた。青井の切れ長の双眸《そうぼう》には悪戯《いたずら》な光が宿《やど》っている。

ソラマメが厳しい冬を乗り越えられるのは、太陽に恋をしているから。

去年の末に出したシングル曲『ソラマメ』の内容をなぞらえているらしい物言いに一瞬目を見開いた後、百瀬は微笑《ほほえ》んだ。

「ああ、伝えとく」

ジャケットの撮影の後、都心のスタジオに戻って取材を三本こなした百瀬は、脇目《わきめ》もふらずに帰路《きろ》についた。時刻は午後八時すぎ。思ったより早く仕事が終わったのはラッキーだった。ブレイクしてからというもの、ずっとハードスケジュールだったが、今年は少し余裕をもって予定が組まれている。

今日、翔大が勤《つと》める『まさとら』は定休日である。明日百瀬さんちに行きますね、というメールが届いたのは昨夜《ゆうべ》のことだ。遅《おそ》なるかもしれんでと返信すると、いいですよ、百瀬さんちでのんびりさしてもらいながら待ってます、とすぐにメールが返ってきた。初めて抱き合った日の翌日に生体認証システムに登録したので、翔大は百瀬のマンションに自由に出入りできるのだ。

スタジオを出て車に乗った時点で自宅マンションに電話を入れると、ちゃんと翔大が出てくれた。今から帰ると弾《はず》んだ声で告げた百瀬に、翔大も嬉しそうな声で待ってますと応じてくれた。どうやら夕飯の用意までしてくれているようだった。

翔大君と二人きりで会うん、九日ぶりや。

地下の駐車場に車を停めた百瀬は、緩《ゆる》みそうになる頬を意識して釣り上げた。そうしないと際限なく緩んでいきそうな気がしたからだ。

翔大の手料理も久しぶりだ。『まさとら』へは何度か行って、お好み焼きを焼いてもらったが、それはあくまでも翔大の仕事だ。百瀬のためだけに作られる料理とは違う。

今までは自分が相手のために作る方が多かったから、作ってもらうことそのものが新鮮だ。それに翔大が作る料理は、どれもこれも素朴《そぼく》で懐かしい味がして、食べるだけで癒《いや》される。翔大のために腕を振るうのも好きだが、作ってもらうのも同じぐらい好きだ。

車を降りた百瀬は急いで部屋へと向かった。ブレイクしてから住んでいるこのマンションは、駐車場から部屋へ直行できる造りになっている。誰かに見咎《みとが》められる心配がないのをいいことに、自然と小走りになった。会いたい気持ちを抑《おさ》えられない。

最初に会《お》うたときから好感は持ってたけど、こんなに好きになるとは思《おも》てへんかった。

昨年、仕事で関西へ行くときは必ず寄るお好み焼き店、『まさとら』が東京にも支店を出すと聞きつけ、時間を見つけて足を運んだ。大阪の大衆的《たいしゅうてき》な店とは異なり、洒落《しゃれ》た雰囲気のこぢんまりとしたその店に、翔大はいた。

最初に翔大の前に座ったのは偶然だ。黙っていると少し怖そうにも見える彼の容姿は、それなりに整ってはいるものの目を引くものがなく、正直に言えば百瀬の好みからはずれていた。

しかし、いらっしゃいませとぎこちない笑みを浮かべた彼は、ちょっとかわいいなあと思った。もっと笑《わろ》たらええのに。

方言から察するに関西の人間で、しかも接客業なのに、翔大の語り口は滑《なめ》らかではなかった。俺の前やから緊張してんのやろか、とも考えたが、どうやら生来無口な性質らしい。

とはいえ不快になることはなかった。それどころか、世辞や愛想《あいそ》を言わない訥々《とつとつ》とした話し方に好感を持った。

また、翔大が焼くお好み焼きが大阪の『まさとら』本店で食べるものとほとんど同じだったことにも感心した。ちょうど精神的に追いつめられていた時期だったから、彼のお好み焼きを食べると地元に帰ってきたようでほっとした。

そしていつのまにか、翔大が焼くお好み焼きを食べるためだけでなく、彼と話したいばかりに『まさとら』へ通うようになっていた。

接客中でもそれほど表情を変えない翔大に、喜怒哀楽があまりないのかと思った。が、よく観察すると、こげ茶色の瞳は雄弁《ゆうべん》に彼の感情を語っていた。そのことに気付いてからは、余計に会話するのが楽しくなった。

ああ、困ってる。びっくりしてる。喜んでる。楽しんでくれてる。

僕を、労《いた》わろうとしてくれてる。

そうした翔大の気持ちが伝わってきたときの染み入るような喜びは、今まで感じたことのない不思議な感情だった。翔大への想いはとうに自覚していたから、もっと爆発的な歓喜を感じてもよさそうなものだ。しかし胸に湧《わ》いた喜びは、あくまでも静かに深く浸透《しんとう》していった。そんな風に感じたのは生まれて初めてだった。今振り返ると、翔大こそが自分の人生に必要な人だと、無意識のうちに理解していたのかもしれない。

ようやく自室の前にたどり着いた百瀬は、逸《はや》る気持ちを抑えきれず、勢いよくドアを開けた。

「ただいま！」

中に向かって声をかけると、おかえりなさい、とすぐに返事があった。

パタパタパタとスリッパの音が近付いてきて、翔大が現れる。いつもの通り、長袖《ながそで》のTシャツにジーンズという地味な格好《かっこう》だ。

目が合った途端、彼は明るい笑みを浮かべた。

「お疲れさんです。お邪魔してます」

「ただいま、翔大君」

名前を呼ぶと、翔大は更に嬉しそうに微笑む。

どこかはにかんだようにも見える笑顔を目の前にして、じわりと胸が熱くなった。付き合う前より表情が豊かになったと感じるのは、翔大が恋人という誰よりも身近な存在になったせいだろうか。

「ご飯の用意できてますから、どうぞ」

「ありがとう。めっちゃ腹減ってんねん。この美味《おい》しそうなにおいはオイスターソースやな」

食欲をそそる香りが玄関先まで漂ってきている。夕方に弁当をひとつ食べたきりの腹が、正直にぎゅるる、と音をたてた。

その音を聞きつけたらしく、翔大は笑いながら頷く。

「百瀬さん、さっき電話でお腹空《す》いてるて言わはったから、肉じゃががメインではちょっと足らんか思て。電話切った後で炒《いた》め物を作ったんです。あと菜の花のおひたしも作ったんで、よかったら食べてください」

「菜の花のおひたしか！　ええなあ、春って感じや」

リビングへと歩き出しながら翔大の肩を抱く。

翔大はくすぐったそうに笑って、こちらに体を預けてくれた。

付き合い始めの頃、体に触れるだけで硬くなる翔大に怖いのかと尋ねると、彼は力いっぱい首を振った。怖いのではなく緊張するのだと口ごもった翔大を、たまらなく愛《いと》しいと思った。

あのとき、僕は気付くべきやった。

同性と付き合ったことがないのに――それどころか、恐らく同性に恋愛感情を抱いたことすらなかっただろうに、百瀬の告白をその場で受け入れてくれた翔大が、とてつもなく器《うつわ》の大きい男だということに。

翔大がどっしり構えて揺るがないでいてくれたから、今がある。

リビングに入ると、暖かな空気が全身を包んだ。四月に入って昼間は随分と暖かくなったが、夜は冷える。暖房がついているようだ。

テーブルの上には肉じゃがの他に、きのこと豚肉の炒め物、そして菜の花のおひたしが二人分並んでいた。

「おお、めっちゃ旨《うま》そうや」

「たいしたもんは作ってませんよ」

「いやいや、僕、翔大君の料理好きやから嬉しい」

「百瀬さんにそう言うてもらえると、俺も嬉しいです」

わずかにうつむいて応じた翔大は、百瀬の腕から離れてコンロの前に立った。

名残《なご》り惜《お》しさを感じながら、流しで手を洗う。が、視線は翔大からはずさない。形の良い耳を赤く染めつつ味噌汁を温める彼を、目を細めて見つめる。大きな表情の変化がなくても、こうして仕種や顔色で感情を伝えてくる翔大がかわいくてたまらない。

バレンタインデーも、耳まで赤《あか》なりながらキッチンに立ってたっけ。

二ヵ月ほど前、二人一緒にすごしたときのことを思い出す。二月十四日当日とはいかなかったが、その二日ほど前にたまたま二人とも休みだったので、一緒にチョコレートケーキとチョコレートクッキーを焼いたのだ。

互いに料理の心得《こころえ》があることがプラスに働き、上手に役割分担をして調理を進められた。菓子を作るのは初めてだという翔大にあれこれ教えつつ、合間にいちゃいちゃした。ケーキとクッキーの出来は上々で、一緒に食べた後、またいちゃいちゃした。後片付けすら、二人ですると楽しかった。

あんなに楽しいて嬉しいて甘いバレンタインデーは、初めてやったかもしれん。

己の恋愛対象が男だと自覚したのは大学生のときだ。当時既に音楽活動をしていた百瀬は、ライブで知り合った年上の男性ミュージシャンと、ごく自然な流れで付き合うことになった。彼は初めての同性の恋人だった。女性と付き合ってもしっくりこず、短期間で別れをくり返していた原因がやっとわかって、妙に清々《すがすが》しい気持ちになったことを覚えている。

その初めての恋人を含め、今まで付き合った男たちはバレンタインデーそのものに関心がなかったり、バレンタインデーがお互いに冷めた時期と重なったりして、チョコレートを交換したことがなかった。

まあ、翔大君と一緒やったらバレンタインデーだけやのうて、どんな日でも楽しいんやけど。

もちろん今日のような、何の記念日でもない普通の日も楽しい。

けど翔大君の貴重な休みやのに、ほとんど一緒におれんかった……。

「せっかくの休みやのに、無駄にさしてごめんな」

申し訳なくて謝ると、翔大は小さく首を傾《かし》げた。

「全然無駄やなかったですよ。今日は朝からめっちゃ天気良かったでしょう。せやから午前中にうちの空気の入れ替えできたし、布団干せたし。午後からゆっくり買い物できたし、百瀬さんちの大きいテレビでＤＶＤ見れたし」

翔大は淡々と言いながら味噌汁をよそう。強がりではなく、本当に無駄ではないと思っているのがわかる物言いだ。

欲がないっちゅうか、足ることを知ってるっちゅうか。

百瀬に対してだけではなく、生活の全てにおいて欲がない。仕事で美味しいお好み焼きを焼いて、休日は家事をしてすごす。そういう当たり前の毎日に、やはり当たり前に満足している翔大の考えに触れる度《たび》、つくづく不思議なコやなあと感心する。

過去に付き合った恋人たちは、百瀬が忙しくて会えないことや、気軽にデートできないことに度々不満を漏らした。外へ出かけるのは変装をするなり、海外へ行くなりすればどうにかなるが、忙しさはどうにもならない。結局は長続きせずに別れてしまった。

もちろん、そうしたすれ違いを克服できそうな相手に巡《めぐ》り会《あ》ったこともある。翔大の兄、雄《ゆう》大《だい》もそのうちの一人だ。

しかし知り合った三年前の時点で、雄大には既に想う人がいたため、最初から負け試合が確定していた。その更に三年前にかなり痛い失恋を経験していたから、無意識のうちに心にブレーキがかかったのだろう。雄大への感情は恋とは呼べない、ほのかな想いのまま終わった。

そうした過去を振り返るにつけ、翔大と両想いになれたのは奇跡のようだと思う。

翔大は雄大の弟だ。雄大にわずかだが想いを寄せていたこと。そして雄大の恋人が男で、しかも有名芸能人である鷲津映一だと知っていたこと。二つの理由がネックとなり、異性としか恋愛の経験がないらしい翔大に告白するのに、二の足を踏んでしまった。その上、翔大に想う人がいたら、完全にあきらめてしまっていたはずだ。

実際、歌が作れなくて思考がネガティブになっていたせいもあり、告白して両想いになれたにもかかわらず、あれこれ考えすぎて一度は翔大をあきらめようとした。

翔大君が別れへんて言いに来てくれへんかったら、僕の人生はきっと真っ暗になってた。

「それに最近、百瀬さんにお好み焼き以外のもんを作ってへんかったでしょう。せやから百瀬さんのこと考えながら買い物して、料理するん楽しかったです。菜の花買うとき、百瀬さんやったら春やなあって言うてくれはるやろなて想像したんですよ。そしたらさっきほんまに言うてくれはって、嬉しかった」

今度はご飯をよそいながら、やはり淡々と言う翔大に、百瀬は瞬《まばた》きをした。

ただでさえ熱かった胸が、更に温度を上げる。両手がひとりでにわきわきと動いた。

僕のこと考えながら買い物して料理するんが楽しいて、しかもなんでもないような他愛《たわい》ない言葉が嬉しいて何やねんそれ、かわいすぎるやろ！

「どうかしましたか？」

百瀬の不審な動きに気付いたらしく、翔大は茶碗としゃもじを手に持ったまま見上げてくる。殺し文句を言っているのに、その自覚が全くないようだ。

抱きしめてしまいそうになるのをどうにか堪《こら》えた百瀬は、ニッコリ笑ってみせた。

「翔大君が今日一日、僕のこと考えててくれたんやなあ思うと嬉しいて」

百瀬の言葉に、翔大はうっすらと頬を染める。

「そら、考えます。好きやから」

「僕も、好きや」

せっかく自制したのに、我慢できずに横から勢いよく抱きしめてしまった。

わ、と声をあげつつも、翔大は茶碗《ちゃわん》としゃもじをしっかり死守《ししゅ》する。

「急にくっついたら危ないでしょ」

眉を寄せつつも腕の中から抜け出そうとはしない翔大に、ますます頬が緩んだ。

「せやかて翔大君がカワイイから」

「別にカワイイことないです」

「カワイイて。めっちゃカワイイ」

言いながら翔大の頭にキスをすると同時に、ぎゅるる、と腹が派手な音をたてた。

甘い雰囲気をぶち壊すその音に、翔大が噴き出す。

「お腹減ってはるんでしょ。先にご飯食べましょう」

「空気読まん腹ですんません……」

未練をたっぷり残しつつ翔大の体を離した百瀬は、まだ笑っている翔大を見下ろした。

「なあ、翔大君、ご飯食べたらいちゃいちゃしてもええ?」

自分で思っていた以上に甘えた口調になってしまって、内心で焦《あせ》る。翔大の方が精神的に強いことは既に明白だが、今の言い方は少々行き過ぎだったかもしれない。今までは甘えるより甘やかす方が圧倒的に多かったから、加減がよくわからないのだ。

しかし翔大はあきれる様子もなく、嬉しそうに微笑んだ。

「いいですよ。俺もしたいです。しましょう」

百瀬は思わず拳《こぶし》を握りしめた。

翔大君、カワイイだけやのうてカッコエエ……！

翔大の手料理を味わった後、二人で後片付けをした。百瀬は作ってくれたお礼に自分が片付けると言ったのだが、翔大は首を縦《たて》に振らなかった。仕事で疲れている百瀬一人に、後片付けを任せられないと思ったようだ。皿洗うぐらい大丈夫やでと笑ってみせると、そしたら一緒にしましょうと翔大は言った。その方が側《そば》におれるから、俺も嬉しい。

「翔大君はほんま、カワカッコエエなあ」

「何ですか、それ」

尋ねてきた翔大は、百瀬の脚の間に座っている。

百瀬は彼を後ろから抱きしめ、その腹にしっかりと腕をまわしていた。衣服越しに伝わってくる体温が心地好《ここちよ》い。翔大が使っているシャンプーや柔軟剤《じゅうなんざい》の香りが優しく鼻腔《びこう》をくすぐって、なんとも良い気分だ。

夕食の片付けが終わった後、ソファに腰かけて、おいでと両手を広げてみせると、翔大はわずかに赤面しながらも素直に従《したが》ってくれた。

「翔大君はカワイイだけやのうて、カッコエエってこと」

「別に、普通やと思いますけど」

「いや、めっちゃカワカッコエエで。そういう翔大君に、僕はめろめろです」

翔大の肩口に顎を乗せて満足のため息を落とすと、彼はくすぐったそうに笑った。

「めろめろて。ほんまですか?」

「ほんまです。わかる人にはわかるみたいで、今日仕事したカメラマンにも前とは全然違《ちご》てあったかい感じになったて言われたわ。俺のことそれなりに知ってる人やから、余計にわかったんかもしれんな」

太陽によろしくね。

青井の言葉を思い出して小さく笑うと、翔大が首を傾げてこちらを見上げてきた。

「それなりに知ってるて?」

「初期のアルバムのジャケットを何枚か撮ってくれた人やねん。青井ワカコ。知ってるか?」

「ああ、鷲津君の写真集を撮らはった人ですね」

翔大はすぐに頷く。

翔大はもともと、芸能界にあまり興味がなかったらしい。ごく普通にテレビや雑誌を見る程度で、特定のアイドルや歌手のファンだったこともないという。

そんな翔大が鷲津映一の情報を把握しているのは、兄の雄大が彼のマネージャーをしていると知ったせいだ。できる範囲で情報収集をしているらしい。雄大と東京で再会してから、時折連絡をとりあっているようだ。

百瀬にも、大阪で暮らす五つ年上の兄がいる。結婚して子供をもうけ、会社員として真面目に働いている兄のことはもちろん信頼しているが、正月に帰省したときに一杯やる程度だ。帰省しないときはそれきりで、二、三年ぐらい会わないこともある。また、大手の機械メーカーを定年退職した後、仕事を通じて知り合った中小企業の社長に請《こ》われて再就職し、海外を飛びまわっている技術屋の父親と、地元の児童たちのためのボランティア活動に勤《いそ》しんでいる母親のことも、もちろん信頼しているが、年に数回電話で話す程度だ。

自分たち家族はそれぐらいの距離でいいと百瀬は思っている。愛情と信頼がたっぷりある一方で、子供の頃から各々《それぞれ》が独立した関係だったからだ。両親にも兄にも、ゲイよりのバイだとカムアウトしていないが、このまま言わないつもりでいる。家族だからといって、何もかも正直に話せばいいというものではないだろう。

ただ、いくら篠倉兄弟の仲が良いとはいえ、雄大と映一が恋人同士であることまで翔大が知っているかどうかは、百瀬にはわからない。

仮に打ち明けられたとしても、翔大君はけっこうあっさり受け入れてしまう気ぃする。

雄大が以前、弟はびっくりするぐらいマイペースだと言っていたが、百瀬から見ると、びっくりするほど懐《ふところ》が深い。

「百瀬さんのアルバムも担当してはったんですか」

感心したような翔大の物言いに、うんと応じる。

「彼女が無名やった頃にな。僕もたいがい売れてへんかったから妙に気が合《お》うて、ときどき呑みに行ったりとかしててん。仕事には物凄《ものすご》いこだわりを持ってるけど、普段はさっぱりしてて、ええ奴や。あ、けどここ何年かはお互いに忙しいて、全然会《お》うてへんのやけどな」

妙な誤解をされては大変と付け足した百瀬をよそに、翔大はそうですかと淡々と応じた。

そっと覗き込んだ横顔は平静で、気分を害した様子はない。

「翔大君はこういう話しても、全然疑《うたご》うたり不機嫌になったりせんよなあ」

心底感心して言うと、翔大は首を傾げた。

「百瀬さんは疑われるようなことしはらへんでしょ」

「そらもちろんせぇへんけど。そうやって僕を信頼して素直に話聞いてくれるん、めっちゃ嬉しいわ」

「そんなん別に、普通です」

「全然普通とちゃうで。凄いことや」

翔大はいつも安定していて揺らがない。勝手に妄想をくり広げて騒いだりしないから、こちらも余計な気をまわすことなくいろいろな話ができる。

安堵《あんど》のため息を落とした百瀬は、満ち足りた気分で翔大の頭に頰を寄せた。

「今日の撮影場所な、彼女が見つけてきたんや。大正時代の建物で営業してはるレトロな喫茶店で、めっちゃええ雰囲気やった」

「カフェと違《ちご》て喫茶店なんですか？」

「うん。定休日の店を借り切ったから食べたり飲んだりはせんかったんやけど、マスターお手製の野菜カレーが旨いらしいねん。今度休みが合うたときに車で一緒に行こう」

「はい。楽しみにしてます」

「約束な」

嬉しそうに笑った翔大の、形の良い耳にキスをする。

刹那《せつな》、腕の中の体が小さく跳ねた。翔大は耳が弱いのだ。

敏感な反応に気を良くして、耳の後ろにも口づける。

今度は、あ、と甘い声があがった。十日間、恋人に触れていない体はたちまち温度を上げる。

百瀬は翔大の腹にまわした腕にぎゅっと力をこめた。

「な、ちょっとだけしてもええか？」

「ちょっとだけ、ですか……？」

「うん。翔大君、明日朝から仕事やろ？　最後までやると辛《つら》いやろうから、触るだけ」

耳元で囁くと、翔大はくすぐったそうに首をすくめた。かと思うと上半身をひねって、こちらを見上げてくる。

「俺も、百瀬さんの触ります」

まっすぐに向けられたこげ茶色の瞳は既に潤《うる》んでいて、百瀬は思わず喉《のど》を鳴らした。

欲しているのが自分だけではないとわかって、ますます体が高ぶる。

「そしたら、一緒に触ろか」

「はい。あの、百瀬さん」

「うん？」

翔大の体を正面に向かせつつ首を傾げると、彼はなぜかうつむいた。

「来週、二日連続で休みがもらえたんです。せやから……」

言葉数は少ないものの、発音ははっきりしているはずの翔大が口ごもるのを目の前にして、カッと全身が熱くなった。

これは、もしかせんでも来週は最後までしてていうおねだりか。

愛しさと歓喜のあまり、ぬおあああ！　と叫びたくなるのをどうにか我慢する。

「来週は、できるだけ早《は》よう帰ってくるからな」

「そんな、慌てて帰ってもらわんでも」

「や、帰ります。僕かて翔大君と最後までしたい」

本音をそのまま告げる。今日も本当はしたいのに、我慢しているのだ。

すると翔大はますます深くうつむいた。髪の隙間から覗《のぞ》く耳は真っ赤だ。

何じゃこら。カワイイすぎる……！

翔大とはまだ数回しか体をつなげていないものの、体の相性が良いことはわかっている。なにしろ翔大は、最初のセックスからちゃんと後ろでも感じていた。

ただ、体と心が一致しているとは限らない。翔大はずっと異性だけを恋愛対象にしてきた。もしかしたら、男同士で体をつなげることに本能的な恐れがあるのではないかと心配していたが、杞憂《きゆう》だったようだ。

「翔大君」

愛しい名前を大事に呼んで、顎を捕らえる。そっと仰《あお》のかせた顔はやはり真っ赤に染まっていて、胸が熱くなった。

ああ、やっぱりめちゃめちゃカワイイ。

薄く開かれた唇に、そっと自分のそれを重ねる。

歯列《しれつ》を割って差し入れた舌は、少しの抵抗もなく受け入れられた。

翌日は、一昨年《おととし》に始まったバラエティ系のトーク番組の収録が入っていた。百瀬《ももせ》がホストを務め、各界で活躍するゲストと話すだけのシンプルな番組だ。夜の十一時からの放送にもかかわらず、視聴率十三パーセントをキープしている。

放送時間は三十分だが、実際の収録は約一時間だ。ゲストによっては二時間ほど話すときもある。今日は百瀬とゲストのスケジュールをすり合わせた結果、二本撮りになった。収録の合間に、雑誌の取材もいくつか入っている。

収録が終わればボイストレーニングとジム。今年の夏はアルバムの発売に合わせた全国ツアーが待っているので、その打ち合わせもある。

以前よりは時間に余裕があるとはいえ、決して暇というわけではない。

「じゃ、後で楽屋に行くからね。いつまでも鼻の下伸ばしてんじゃないわよ」

マネージャーの野村《のむら》に背中を叩かれ、百瀬は苦笑した。

「何ですかそれ。鼻の下なんか伸ばしてませんて」

「鏡を見なさい。めっちゃくちゃ伸びてるから」

野村は存外真面目な顔で言う。場所は空調のきいたテレビ局の廊下だ。年上の女性マネージャーの指摘に、意識して顔をひきしめる。

よし、という風に頷いた野村は、あきれ半分、笑い半分の表情を浮かべた。

「なかなか会えない分、会った後でれでれになるのはわかるけど、イメージ壊さない程度にしてちょうだいよ」

「はい、すんません。気ぃ付けます」

「わかればよろしい。じゃ、後でね」

眼鏡をかけなおした野村は、制作部の方へ大股《おおまた》で歩いていった。局のプロデューサーと話があるらしい。

野村を見送った百瀬は、彼女とは反対側――楽屋がある方へと歩き出した。

野村さんには、ほんま感謝や。

彼女はデビュー当時から、百瀬がゲイ寄りのバイというマイノリティであることを受け入れてくれた。翔大のことも認めてくれている。また、仕事面では売れなかった時期も含め、叱咤《しった》激励《げきれい》するだけでなく、こちらの要望にもしっかりと耳を傾けてくれた。

ブレイクした後、バラエティ系の番組や歌番組の他、テレビドラマや映画の撮影、ラジオの収録、コンサート等の予定が息つく間もなく入っていたのは、なにも事務所にこき使われたわけではない。売れない時期が長く続いたため、仕事がなくなるのが怖くて、野村に頼んでスケジュールを埋《う》めてもらっていたのだ。人気がない、売れない、視聴率がとれない。所属する勝《かっ》木《き》プロダクションが大手で、その大手事務所がどんなに押しても、そうした理由で切られてしまう現実を、百瀬は売れない間に目《ま》の当たりにしていた。

ともあれ、二十代の後半から三十代半《なか》ばの今現在にかけて、がむしゃらに突っ走ることができたのは幸せだったと思う。ドラマや映画、バラエティ等の歌以外の仕事は、百瀬の幅《はば》を広げてくれた。どんな分野にもそれぞれ難しさがあり、プレッシャーも大いにあったが、同時に発見があり、驚きがあり、楽しさがあった。

そもそも、仕事がなければがむしゃらになることすらできない。それだけ多くの人が支持してくれたということだから、ありがたいばかりだ。

けど、ずっと突っ走り続けるんは疲れるわな……。

翔大《しょうだい》と出会う前に始まったトーク番組も、内心乗り気ではなかった。当時から少しずつメロディや歌詞が浮かばなくなってきていて、気持ちが沈みがちになっていた。自分の根本はミュージシャンなのだと思い知った時期でもある。番組の制作スタッフが、以前仕事を共にしたことがある馴染《なじ》みの面々でなければ断っていたところだ。

もっとも野村は百瀬のそうした心情をわかっていたらしい。わかった上で敢《あ》えてオファーを受けたのは、いろいろな人と話して刺激を受け、スランプを脱してもらいたいという思いがあったからのようだ。

結局、スランプを解消できたんは、ゲストやのうて翔大君のおかげやったんやけど。

今、楽屋へと向かう歩調が軽いのは、スケジュールに余裕があるせいだけではない。翔大という存在があるからだ。

今朝は翔大の方が先にマンションを出た。いってらっしゃい、と笑顔で見送る百瀬に、いってきます、と照れくさそうに応じてくれた。

鼻歌を歌ってしまいそうになるのを堪《こら》えて歩いていると、百瀬君、と背後から呼ばれる。

振り返った先にいたのは、眼鏡をかけた男だった。百瀬ほど背は高くないが、スラリとした体軀《たいく》にセンスの良い衣服を身につけている。『パイロットランプ』というコンビを組んでいるお笑い芸人、城坂温《しろさかはる》だ。百瀬と同い年の彼は、最近では舞台の脚本と演出を手がけて注目されている。

そういえば、今日の一本目の収録のゲストは城坂だった。

「おはよう、城坂君。今日はよろしくお願いします」

立ち止まって軽く頭を下げると、歩み寄ってきた城坂も頭を下げた。

「こっちこそ、よろしくお願いします」

「マネージャーさんは?」

「秀永《ひでなが》についてってる」

特別整っているわけではないものの、愛嬌のある面立ちに笑みを浮かべて相方の名前をあげた城坂を、わずかに目を細めて見下ろす。

元気そうや。

雄大にほのかな想いを抱《いだ》いた三年前より、更に三年前。百瀬は彼に失恋した。

ブレイクする直前、『パイロットランプ』がMCを務《つと》める番組にゲスト出演し、そこで初めて城坂に出会った。テレビ用の毒舌キャラの隙間から顔を出す、彼本来の素朴《そぼく》な可愛らしさにたちまち惹《ひ》かれた。

当時既に、城坂は相方の秀永元継《もとつぐ》と恋人関係にあった。二人の仲がこじれ、弱っていた城坂につけ込んだのは百瀬である。しかし結局、恋人になることはできず、城坂は秀永の元へ帰っていった。

「久しぶりやな。舞台観に行かしてもろたとき以来やから、二年ぶりか」

「もうそんな経《た》つか。早いなあ」

城坂が感心したような声をあげる。

素直な反応と物言いに、百瀬は思わず微笑んだ。

城坂君、変わってへん。

売れない時代からずっと付き合っている相方に敵《かな》うわけがないと思いつつも横恋慕《よこれんぼ》したのは、それだけ城坂が好きだったからだ。一時期いい雰囲気になりかけただけに、ふられた直後はかなり落ち込んだ。それまでの恋愛でも、ふったりふられたりしてきたが、あれほど落胆したのは初めてだ。当時作った歌に失恋や片恋をテーマにしたものが多いのは、間違いなくその経験が原因である。

もちろん今はもう、城坂と話しても胸が痛んだりしない。二年前、舞台を観《み》た後で楽屋へ挨《あい》拶《さつ》に行ったときは、まだ小さな棘《とげ》のようなものが心に刺さるのを感じたが、それも消えている。

城坂の方も、かつてはあった遠慮や気まずさは薄れたらしく、屈託《くったく》なく話しかけてきた。

「言うのが遅《おそ》なったけど、去年のシングルのソラマメ、めっちゃよかったわ」

「お、聴いてくれたんか。ありがとう」

「聴いてくれたも何も、いろんなとこでかかってたやろ。今までの百瀬君の歌とは雰囲気が違《ちご》たけど、それもまたよかった」

大きく頷いた城坂に、もう一度ありがとうと礼を言う。『ソラマメ』は、ブレイクのきっかけとなったCMソングに並ぶヒットになりつつある。恐らく百瀬の代表曲の一つになるだろう。翔大と話したことがきっかけでできた歌だから、嬉しいようなくすぐったいような、不思議な心持ちだ。

「百瀬君、ちょっと雰囲気変わったなあ。うまいこと言えんけど、落ち着いた感じする」

並んで歩き出しながら言われて、百瀬は笑った。

「僕もとうとうアラフォーの仲間入りやしな。それなりに大人になりました」

「えー、百瀬君は前から大人やろ」

明るく笑う城坂も、随分と落ち着いた。仕事が順調なことに加え、相方で恋人でもある秀永らだ。


との関係が良好なのだろう。

ちなみに秀永は、今でも百瀬と顔を合わせると警戒心を漲《みなぎ》らせる。不快になるどころか愉快になるのは、秀永が浮気とはいかないまでも、城坂以外に心を移していた事実を知っているからだ。


秀永本人は、特に嫌な男というわけではない。少々ぶっきらぼうなところはあるが、仕事に対しては真摯《しんし》で真面目だ。お笑いの才能にも恵まれており、愚直《ぐちょく》なコント師として知られている。最近は城坂が書いた脚本の舞台に出演し、役者としても評価されているようだ。

横恋慕していた自分が秀永を非難するのは筋違《すじちが》いだとわかってはいるが、彼が城坂を裏切っていたことは、やはりどうしても許しがたい。だから秀永の尖《とが》った態度に遭遇《そうぐう》する度《たび》、あのとき城坂君をないがしろにしたから僕にいつまでもイライラせんならんのや、ザマミロ、などと思ってきた。

が、そろそろ勘弁《かんべん》してやってもいいかもしれない。

「城坂君、舞台だけやのうてテレビドラマとか映画の脚本も書いたらええのに」

「急に何やねん。今は舞台で手一杯や。今日も宣伝さしてもらうんでよろしくお願いします」

城坂はペコリと頭を下げた。彼は今、自身が脚本と演出を担当する新しい舞台の稽古《けいこ》の真っ最中なのだ。今日の収録がオンエアされる頃に、ちょうど公演が始まるらしい。城坂のゲスト出演は、その舞台の宣伝も兼ねている。

「舞台はどんどん宣伝してもろてええよ。ちゅうか僕も観に行かしてもらうし。ただ城坂君がドラマとか映画の脚本書いたら、どんな感じになるんか興味があって」

城坂の脚本と演出のおもしろさは、既に舞台で証明されている。老若男女《ろうにゃくなんにょ》問わず通じるスタンダードな笑いを織《お》り交《ま》ぜながらも、どこか斬新《ざんしん》で、何度でも観たくなる。観客も同じように感じるらしく、リピーターが多いという。おかげでなかなかチケットがとれない。

単純に一観客としてドラマも観てみたいと思う一方で、俳優の肩書きも持つ身としては、脚本家・城坂温が書くドラマに興味がある。

うーん、と城坂はうなった。

「ドラマとか映画の台本て書いたことないからなあ。けどたぶん、舞台と同じような感じになると思う」

「そういう話は出てへんのか?」

「今んとこはないな。何?　俺がドラマ書いたら出てくれるんか?」

「もちろん。オファーがあったら喜んで」

「え、そうなんや。百瀬君に出てもらえるんやったら、ドラマも書いてみたいなあ。ダメモトで事務所に言うてみよかな」

城坂が独り言のようにつぶやいたそのとき、モモ、と背後から声がかかった。

二人同時に振り返ると、野村が早足で歩み寄ってくるところだった。

「あ、城坂さん、おはようございます。今日はよろしくお願いします」

「こちらこそ、お世話になります」

にこやかに応じたものの、城坂はどこか心ここにあらずだ。先ほどのドラマの話が頭から離れないらしい。

城坂君、役者としての僕を認めてくれてるんやな。

百瀬個人に対しても、本当にもうわだかまりがないのだろう。これからは良き仕事相手として付き合っていけそうだ。

素直に嬉しいと思えるのは、やはり翔大のおかげだ。

翔大がもたらしてくれる恋の喜びはもちろん、彼が側にいてくれることで得られる安定感は、かつて経験したことがないほど大きい。

翔大君はやっぱり、僕の太陽や。


それから三日間、仕事が深夜に及び、翔大には会えなかった。

メールのやりとりは欠かさなかったものの、翔大は翔大で仕事があるので、回数はそれほど多くない。何気ない日常の出来事を伝え合うだけだが、それでも充分楽しかった。

中でも嬉しかったのは二日目にかわしたやりとりだ。

楽屋に届けられた差し入れの桜餅《さくらもち》を映して、春ですとメールすると、こっちも春でしたと花見団子の写真が送られてきた。社長の差し入れだという。お互いにおやつだけは花見気分やなあと返すと、来年は花見に行きましょうと返事があった。一緒にお弁当作って、一緒に桜見ながら食べたいです。

今年は急激に気温が上がったため、咲き始めから満開になるまであっという間だった。散ってしまうのも早く、当然、二人で花見に行く機会はなかった。

一緒に弁当を作ろうという提案に心が浮き立ったのは、翔大も今年のバレンタインデーを楽しんでくれたことがわかったからだ。

そして恐らく深く考えずに入力したのだろう、来年という文字に胸が熱くなった。

翔大君の中で、僕はちゃんと当たり前の存在になれてるみたいや。

かつて生きる世界が違うから迷惑になると、翔大から離れようとした。

しかし翔大は、そんなもん俺にとったら全然たいしたことやないと言い切った。

その言葉は強がりや嘘ではなかったと、百瀬は日々実感している。翔大の側にいると、芸能人である『百瀬統也《とうや》』がもたらす非日常も、彼にとっては何ということはない当たり前の日常になっているとわかるのだ。

翔大君が僕を好きになってくれて、ほんまによかった。

もう何度思ったかわからないことをまたしみじみと思いつつ、百瀬は返信した。

来年の花見のときは、重箱《じゅうばこ》の豪華な弁当を一緒に作ろうな。楽しみにしてる。


「あー、だめだ、完全に閉まっちゃってる」

運転席の野村が情けない声をあげる。

百瀬は窓から外を覗いた。ラストオーダーを十分ほどすぎた『まさとら』の周囲はひっそりとしている。看板の明かりは既に落ちていた。今頃、翔大たちは店内で後片付けをしているのだろう。

全てのスケジュールを終えたのは、夜の九時半すぎだった。『まさとら』のラストオーダーにぎりぎり間に合うか、あるいはぎりぎり間に合わないかという時刻である。

芸能人には定休日というものがない。だから今日のように会える可能性がある日には、できるだけ会っておきたい。

そうした思いを察したらしく、野村は『まさとら』へ車を走らせてくれた。スランプに陥《おちい》っていたときは一人にした方がいいと思われたのか、自家用車での移動が多かったが、最近は野村に迎えに来てもらうことが増えている。

「この時間やったら、うちに帰る翔大君に会えると思います。送ってもろてありがとうございました」

「どういたしまして。大丈夫だとは思うけど、一応記者には気を付けてね」

はいと百瀬は頷いた。以前、翔大にしつこく取材をかけた記者がいたけれど、今はもう姿を見ない。とはいえ、記者は彼だけではないので油断は禁物《きんもつ》だ。

まあ翔大君は、外では絶対くっついて来んからな。

誰も見てないとわかっている場所でも、そこが屋外である限り、決して手をつないだり腕を組んだりしてこない。くっつきたい素振《そぶ》りすら見せない。だから百瀬さえ翔大に触りたい気持ちを我慢すれば、写真を撮られても問題はない。野村の物言いが軽いのも、翔大を信頼しているからだ。

「そしたらお疲れさんでした。また明日」

「お疲れ。明日は十時に太田《おおた》先生のボイトレ入ってるからね。遅れんじゃないわよ」

「わかってますて。おやすみなさい」

助手席から降りてドア越しに頭を下げると、車はスムーズに発進した。

今日は比較的暖かい。厚手のジャケットを着ているせいか、寒さは感じなかった。見上げた空にはぼんやりとした月が浮かんでいる。気持ちの良い夜だ。

このまま外で待っていようとビルから少し離れた場所へ移動したそのとき、賑《にぎ》やかな話し声が聞こえてきた。

「だから嘘じゃないって言ってるじゃないすか」

「やー、信用できんなあ。おまえそのテの話はわりと盛《も》るからなあ」

二つの声に聞き覚えがあった。『まさとら』の店長の本多《ほんだ》と、従業員の津久井《つくい》の声だ。

「うわ、店長ひでぇ。ほんとですって！　シノさんは信じてくれますよね？」

急に話をふられたからか、ああ、うん、という戸惑ったような翔大の相づちが聞こえて、百瀬は微笑《ほほえ》んだ。

『まさとら』の従業員たちは仲が良い。時折大阪から様子を見に来る社長とも、和気藹々《わきあいあい》とやっているらしい。だからといって、なあなあになっていないところは、さすがやり手の社長自《みずか》らが面接をして採用した従業員たちだ。

お疲れ、お疲れさんです、と挨拶をかわした後、店長と津久井は百瀬がいる場所とは反対の方角へ歩き出した。こちらへ歩いてくるのは翔大だけだ。

声をかける前に、翔大が百瀬に気が付いた。

街灯の明かりの下でも、パッと顔が輝くのがわかる。

おお、カワイイ。

「どうしはったんですか。仕事は？」

駆け寄ってきた翔大にたまらない愛《いと》しさを感じつつ、百瀬は頷いた。

「さっき終わったとこや。ラストオーダーに間に合うかもしれん思《おも》て来たんやけど、あかんかった」

「そうなんですか。待たしてすんません」

「会う約束してへんかったんやから謝ることない。仕事、お疲れさん」

「百瀬さんこそ、お疲れさんです」

律儀《りちぎ》に返されて、おのずと頬が緩んだ。翔大の労《ねぎら》いの言葉だけで疲れが吹っ飛ぶ。

どちらからともなく並んで歩き出すと同時に、翔大がこちらを見上げてきた。月明かりに照らされた顔は、うっすらと上気《じょうき》している。

「うち、泊まって行かはりますか?」

「うん。迷惑やなかったら」

「全然迷惑なんかやないですよ。来てくれはって嬉しいです」

率直な物言いに、百瀬はわずかに目を見開いた後、笑《え》み崩《くず》れた。翔大はいつも、好意を表す言葉や感謝の言葉を惜《お》しまない。

こういうとこもめっちゃ好きや。

「僕も会えて嬉しい」

こちらも素直に想いを告げると、翔大は照れくさそうに笑った。

歩くテンポがゆっくりなのは、穏《おだ》やかな気候のせいもある。月明かりが降《ふ》り注《そそ》ぐ道には風もなく、頬にあたる空気はしっとり柔らかい。

しかしそれ以上に、肩を並べて歩いているこの状況が心地好《ここちよ》かった。

「今日はまさとら、忙しかったか?」

「九時ぐらいまではいっぱいやったんですけど、その後は少なって、早めに終わりました」

「そか。お疲れさん。出てくるときえらい賑やかやったけど、後片付けのときて皆《みんな》でしゃべったりするんか?」

先ほどの店長と津久井のやりとりを思い出して尋ねると、翔大は頷いた。

「そうですね。俺はそんなでもないですけど、本多さんと津久井はもともとようしゃべるから。今日も津久井が……」

翔大がふいに黙ってしまったので、どうしたのかと彼を見下ろす。

翔大は、なぜかひどく真面目な顔をしていた。

「津久井君がどうした?」

先を促《うなが》してやると、翔大は我に返ったように瞬《まばた》きをした。その顔に浮かんだのは苦笑だ。

「や、なんか最近好きなコができたらしいんですけど、その彼女が今まで好きになったタイプと外見が全然ちゃうみたいで。芸能人の誰某《だれそれ》に似てるとか言うて、賑やかでした」

「そうなんや。ちなみにその彼女、誰に似てるて?」

「芸人さんで、パイロットランプさんていてはるでしょう。そのパイロットランプの城坂さんに似てるそうです」

ゴホ、と百瀬は思わずむせた。やましいことがあって動揺したわけではない。単純に、翔大の口から城坂の名前が出てきたことに驚いたのだ。

翔大はといえば、女性が男である城坂に似ていることに驚いたと思ったらしい。また苦笑いする。

「おかしいですよね」

「まあなあ。津久井君が好きになったん女の子なんやろ?」

「そうなんですけど、城坂さんに似てるて言い張るんです。しまいには、城坂さんを女装さしたら女の子みたいにカワイイとか言い出して」

「えー、そらないわ。コント番組で城坂君の女装見たことあるけど、普通に女装した男やったで。相方の秀永君がでかいから小そう見えるだけで、わりと背も高いしな。あ、けどお母さん似やとか言うとったから、アリっちゃアリか」

笑いながら言うと、翔大は不思議そうにこちらを見上げてきた。

「城坂さんと仲ええんですか?」

「や、特別仲ええとかはないけど、僕がブレイクする前にパイロットがMCやってる音楽番組に呼んでくれてん。それ以来の付き合いや」

スラスラと言葉が出てくるのは、城坂のことを何とも思っていないからだ。

しかも翔大君にこうやってしゃべれてるんやから、ほんまに吹っ切れた。

改めて実感していると、へぇ、と翔大は感心したような声をあげる。

「芸人さんともお付き合いがあるんですね」

「ありますよー。そんな大勢やないけど、バンデージの相川《あいかわ》さんとかな」

「ああ、去年相川さんのラジオに出てはりましたね。映画で共演されたんでしたっけ」

百瀬の芸能活動をしっかり把握《はあく》してくれている恋人に、そうそうと上機嫌で相づちを打つ。

「相川さんもめっちゃ話しやすい人やけど、大先輩やからやっぱりちょっと緊張するな。その点城坂君は同い年やから、あんまり気ぃ遣《つか》わんとしゃべれる。初めてバラエティ番組のMCさしてもらうことになったときも、いろいろ相談に乗ってもろたんや。当時は芸人さんと枠《わく》を奪《うば》い合う形になってたから、僕は城坂君にとってはライバルみたいな存在やった。それやのに親切にアドバイスしてくれてたん」

それもこれも、今となってはいい思い出だ。

百瀬の懐《なつ》かしむ口調に、翔大は首を傾げる。

「城坂さん、来月百瀬さんの番組に出はるんですよね」

「お、よう知ってるな」

「雑誌に載ってました」

「そか。城坂君の収録はもう終わってん。会うのは久しぶりやったけど、相変わらず気さくで、ええ意味で普通な感じで、全然変わってへんかった」

そうなんですか、と翔大が頷いたそのとき、ちょうどマンションに着いた。

自分のマンションに帰るとほっとするが、このありふれた外観のマンションを目にしたときも、同じようにほっとする。翔大が住む家が、自分にとっても家になっている証拠だ。

「津久井君、その城坂君似の彼女とうまいことといくとええなあ」

うつむき加減で先に階段を上る翔大の背中を見つめながら、穏やかな気分で言う。

しかし翔大は、なぜか返事をしなかった。

「翔大君?」

「……あ、はい。そうですね」

翔大にしては、少し慌てたように応じる。

疲れてんのかな、と思って、そら疲れてるに決まってるやろ、と思い直す。

いくら翔大が二十代で若いとはいえ、接客をしながらの長時間の立ち仕事だ。疲れない方がおかしい。

今日はあんまりしゃべったりいちゃいちゃしたりせんと、早めに休もう。

バスルームを出ると、パジャマ姿の翔大がベッドに枕を並べているところだった。

「お風呂ありがとう」

声をかけた百瀬に振り返った彼は、軽く頭を下げる。

「俺のが先に入ってすんません」

「全然。僕は一応ジムでシャワーしてきたしな」

笑顔で答えた百瀬は、シングルベッドの横幅いっぱいに並んだ二つの枕を見て、頬が緩むのを感じた。

シングルベッドでは、必然的にぴったりとくっついて眠ることになる。百瀬は内心それをとても楽しみにしているのだ。百瀬のマンションの広いベッドでもくっついて眠ることに変わりはないが、なんとなく狭いベッドの方が密着度が高い気がする。

翔大も同じように感じるのか、シングルベッドで眠るときの方が、心なしか嬉しそうに擦《す》り寄《よ》ってくる。

「百瀬さん、明日何時に起きますか？」

「九時すぎには出たいから、七時半でお願いします。翔大君は？」

「俺もそれぐらいに起きます。目覚まし、セットしときますね」

頷いた翔大は、サイドテーブルにある目覚まし時計をセットした。

恋人とひとつのベッドで朝まで眠れる喜びを噛《か》みしめつつ、翔大の肩を柔らかく叩く。

「もう一時や。早《は》よ寝よう」

「はい。電気消しますね」

リモコンを操作する翔大より先にベッドに入る。

かけ布団を開けて待っていると、翔大がすぐに潜《もぐ》り込《こ》んできた。いつも通り、百瀬の胸元に体を寄せてくる。百瀬もいつも通り、腕を伸ばしてしっかり翔大を抱き寄せる。

腕の中に収まった確かな温《ぬく》もりに安堵のため息を落としかけたそのとき、ふいに翔大がぎゅっとしがみついてきた。

いつになく強い力に驚く。今まで何度も一緒のベッドで眠ってきたけれど、翔大がこんな風に抱きついてくるのは珍しい。

いや、珍しいていうより初めてかもしれん。

嬉しいけど、どうしたんや。

そういえばマンションへ帰りついたときも、翔大らしくない沈黙があった。

ただ疲れてるとかやなかったんか?

「翔大君?」

そっと呼んでみたものの、返事はなかった。が、腕の力は緩まない。顔を上げるどころか、百瀬の肩口に額《ひたい》を押しつけてくる。

必死ともとれる仕種に、百瀬は眉を寄せた。いつも安定して落ち着いている翔大らしくない。

「どうした。何かあったんか?」

背中を優しく摩《さす》りながら尋ねる。

すると、翔大は百瀬の胸に顔を埋《うず》めたまま首を横に振った。

「何もないです」

「や、けど」

「ほんまに、何でもないんです。おやすみなさい」

それだけ言って大きく息を吐いた翔大は、ぴたりと黙ってしまう。

ほどなくして穏やかな寝息が聞こえてきた。しかし翔大の指先は、百瀬が着ているパジャマ代わりのTシャツをしっかりと握りしめたままだ。

これは絶対、何でもないことないよな……。

しかし眠ってしまった翔大を起こすのは忍びない。

明日、もういっぺん何かあったか聞いてみよう。


ボイストレーニングを終えた後、迎えに来てくれた野村と共に遅めの昼食をとることになった。向かったのはイタリアンレストランだ。手頃な価格でランチが食べられる、野村のお気に入りの店である。顔見知りのオーナーが、すぐに奥の個室へ案内してくれた。

「ちょっと。ご飯食べてるときぐらいケータイ離しなさいよ」

「ケータイやのうてスマホです」

「どっちも同じようなもんでしょうが」

言って、野村はパスタを頬張《ほおば》る。彼女は四十代半《なか》ばをすぎた今も出会った頃と変わらず、酒《しゅ》豪《ごう》で健啖家《けんたんか》だ。

百瀬もパスタを頬張りつつ、スマートフォンに視線を落とした。

画面に出ているのは、つい先ほど翔大からきたメールだ。

お疲れさんです。今、休憩中です。今日のお昼はお好み焼きです。

そのお好み焼きの写真も送られてきた。余った材料で作られたようだが、美味《おい》しそうだ。

いつも通り、や。

今朝、何かあったのか尋ねてみようと思ったものの、翔大は朝食をとっているときも、いってらっしゃいと見送ってくれたときも、いつもと変わらず笑顔だった。だから深刻な事態に陥《おちい》っているわけではないと思う。

やっぱり疲れてただけやろか。

けど、今までどんだけ疲れてても、あんな風に抱きついてきたことはなかった。

職場で嫌なことでもあったんか？

人間関係で悩んでいるとは考えにくい。昨夜聞いた話からもわかるように、『まさとら』の店員たちとはうまくやっているようだ。

悪質なクレーマーが来て困ってるとか。

もしそんな輩《やから》がいるのなら、やり手として知られている社長が対処するだろう。

そしたら体調が悪かったとか？

しかし今朝、翔大は百瀬と同じくらいの量をしっかりと食べていた。無理をして詰め込んでいる様子はなかった。

大阪にいる家族に何かあったとか。

百瀬に心配をかけまいと、一人で抱《かか》え込《こ》んでいるのかもしれない。

「……それやったらありえる。ちゅうか、それぐらいしか思いつかん」

うんと一人頷くと、野村は眉を寄せた。

「ちょっと、目の前に私がいるのに独りごと？」

「あ、すんません。昨夜、翔大君の様子がちょっとおかしかったんで。野村さん、篠倉《しのくら》君に何か聞いてません？」

家族に何かあったとしたら、翔大の兄、雄大にも変化があるはずだ。

しかし、野村は首を横に振る。

「昨日シノ君と会ったけど、別に変わった様子はなかったよ。田沢《たざわ》部長と水野《みずの》君も何も言ってなかった」

「ひょっとして篠倉君が隠してるとか」

「普通に元気そうだったから、それはないんじゃない？　映一もいつも通りだったしね」

鷲津映一《わしづえいいち》は雄大にべた惚れだ。恋人であると同時に、マネージャーとタレントという間柄でもある彼らは毎日ぴったり一緒にいる。映一はきっと些細《ささい》な変化でも気が付くだろう。

家族のことでもないとしたら、何や。

「そんな心配しなくても、何かあったらモモに話してくれるでしょ。翔大君だったら中途半端に隠さないで、スパッと打ち明けちゃうんじゃない？　あ、でも一度隠すって決めたら隠し通しちゃうかも。そうなったらきっとモモにも誰にもわかんないよ。だから何か変だなってモモが気付いてる時点で、たいしたことじゃないと思う」

パスタを巻きとりながら大きく頷く野村に、百瀬は胸がざわつくの感じた。フォークの動きがおのずと止まる。

「ちょっと。ナニゲに不安にさすようなこと言わんといてくださいよ」

「何でよ。たいしたことじゃないって言ってんだから、安心すりゃいいじゃない」

「その前の、隠し通すっちゅうのが心臓に悪い……」

胸を押さえて言うと、野村はなぜか楽しげに笑った。

「そんなに心配しなくていいんじゃない？　嫌われたわけじゃないんでしょ？」

「それは大丈夫です」

今朝、翔大が用意してくれた朝食は、トーストとハムエッグとツナサラダ、そして野菜ジュースだ。野菜ジュースは『ソラマメ』がCMソングとして使われ、百瀬自身もそのCMに出演している商品だった。たくさんもらったので、翔大にも分けたのだ。

朝の元気の源《みなもと》です、というCMの文句を、CMよりもかっこつけて言うと、翔大は噴き出した。凄い、本物や、と笑うので、本物ですよ、朝の元気の源です、とくり返してみせた。すると翔大はまた楽しそうに笑った。

俺、あのCM好きです。それにこのジュースも好きや。美味《おい》しいです。

そう言って、まるで宝物でも入っているかのようにグラスをそっと持ち上げ、ゆっくりジュースを口に含んだ。

伏せられた睫《まつげ》が、キッチンにある小さな窓から差し込んだ朝日を反射して光っているのを見て、なんだか無性に翔大が愛《いと》おしくなった。

「嫌われてないんだったら、やっぱり心配しなくていいって」

おもしろそうにこちらを見ていた野村だったが、やがてもっともらしい顔つきになった。

「翔大君はちょっとやそっとでジタバタするようなコじゃないでしょ。翔大君とのお付き合いに限っていえば、モモの方がよっぽどジタバタしてるし」

「う……、まあ、そうですね……。確かにジタバタしてます」

否定せずに苦笑して、百瀬はスマートフォンをバッグにしまった。

野村の言う通り、翔大との付き合いでは、百瀬の方が右往左往《うおうさおう》している。

百瀬は翔大より七つも年上だ。体も大きい。恋愛の経験も豊富だし、セックスの際に抱くのもこちらである。

けど、精神的には翔大君に甘えて、支えてもろてるとこがいっぱいある。

だからせめて、翔大が困っているときぐらいは力になりたい。

今日も早《は》よ帰れたら、まさとらに行ってみよう。

明日、『まさとら』は定休日だ。百瀬も仕事は午後からである。じっくり話を聞くにはちょうどいい。


百瀬が『まさとら』の扉を開けたのは、午後九時を少しまわった頃だ。幸い、仕事は早めに終わった。

いらっしゃいませ、という翔大《しょうだい》を含めた三人の店員の声と、お好み焼きの香ばしいにおいが百瀬を迎えてくれる。

こんばんはと挨拶《あいさつ》しつつも真っ先に目が行くのは、もちろん鉄板の向こうにいる翔大だ。真ん中にいる彼は一心にお好み焼きを焼いていた。その隣では、津久井《つくい》が同じく真剣な眼差《まなざ》しを鉄板に向けている。

翔大と津久井の前に、先客がいた。女性二人が並んで座っている。

入口に近い方のスツールに腰かけていたショートカットの女性が、ふとこちらを向いた。

「あ、青井《あおい》ちゃん」

「あれ、モモだ」

二人同時に互いの名前を呼び合う。

すると、奥にいたセミロングの髪の女性が青井の肩をガシッとつかみ、彼女越しに勢いよく顔を覗かせた。百瀬より少し年上に見える女性は、すっきり整った面立《おもだ》ちに驚きの表情を浮かべる。

「うわっ、ほんまや。モモや」

「こんばんは」

青井の連れらしい彼女に、百瀬は笑顔で頭を下げた。初対面の人にモモと呼ばれるのは慣れている。老若男女《ろうにゃくなんにょ》問わず、芸能人『百瀬統也《とうや》』をそう呼ぶ人がほとんどだ。翔大のように百瀬さんと呼ぶ人の方が珍しい。

が、彼女のことはどこかで見たような気がした。

どこで見たんやろ？

思い出せないまま、青井の横――店長の前に腰を下ろす。本当は翔大の前に座りたいところだが、既に接客中では仕方がない。

翔大がちらとこちらに視線を向けてくれたので、ニッコリ笑ってみせる。

いつもなら照れくさそうな笑みを返してくれる彼は、なぜかきゅっと眉を寄せた。

え、何？

かつてない不機嫌な反応に、内心激しく動揺する。

僕何かしたっけ？　何もしてへんよな？

や、でも翔大君がこういう態度とるってことは、やっぱり何かやらかしたか？

脳をフル回転させて記憶をたぐっていると、ご注文はいかがいたしましょう、と店長が声をかけてきた。豚玉《ぶたたま》とウーロン茶で、と機械的に告げる。

それを待っていたかのように、青井が話しかけてきた。

「今、ちょうど桜子《さくらこ》さんとモモのこと話してたんだよ。こちら、友人の新田《にった》桜子さん。まさとらの社長さんの弟さんの奥さん、ていうより、プロ野球の新田選手の奥さんって言った方がわかりやすいか。私が全然売れてなかった頃の個展に旦那《だんな》さんと二人で来てくれて、それ以来仲良くしてもらってるんだ」

「へ……？　ああ、新田さんの。それでどっかで見たことあると思《おも》たんや」

百瀬はどうにかこうにか話を合わせた。

『まさとら』のオーナーが、かつて大リーグで活躍し、今も日本のプロ野球チームで成績を上げている新田一虎《かずとら》の兄だということは、広く世間に知られている。それに確か一虎の妻である桜子は、漫才コンビ『バンデージ』の相川《あいかわ》の相方、土屋《つちや》の妹だったはずだ。メディアにも多少出ていて当然である。

青井の向こうに座った桜子は、わずかに身を乗り出してペコリと頭を下げた。

「新田桜子です。はじめまして」

「はじめまして、百瀬統也です。僕、大阪にしか店がなかったときからまさとらさんのファンなんです。今は東京店でお世話になってます」

かろうじて営業用の笑みを浮かべて応じると、桜子は嬉しそうに笑った。

「ありがとうございます。これからもどうぞご贔屓《ひいき》に。——ちょっとワカちゃん、モモ……百瀬さんが東京店の常連さんやて知ってたん?」

「や、知らなかったです。あ、でも大阪のまさとらのお好み焼きが凄《すご》く好きで、関西に行ったときは絶対寄るって話は聞いたかも」

「もー、それやったらそうて言うといてくれな。ていうか、ユウちゃんとお兄ちゃんは確実に知ってたはずやろ。何で言うてくれへんねん」

青井と桜子がコソコソと話している間に、お好み焼きを見つめる翔大の眉間《みけん》に皺《しわ》が刻《きざ》まれたのを、百瀬は見逃さなかった。

もともと翔大はあまり感情を表に出さない。だから彼個人を知らない人にとっては、いつもと変わらないように見えるだろう。しかし百瀬にはわかる。

翔大君、怒ってる。

今の二人の会話に、怒る要素などなかったと思う。それなのに怒っている。

怒る翔大を見るのは、こちらが一方的に別れを切り出したとき以来だ。もちろん今は、別れようなんて欠片《かけら》も思っていない。

何で怒ってるんや。

必死で考えている間にも、女性二人は話を続ける。

「最悪や……。モモ、セさんに会えるてわかってたら、もっと気合入れてメイクしてきたのに」

「気合入れてメイクしなくたって、桜子さんはきれいですよ」

世辞《せじ》ではないとわかる真面目な口調——プロのカメラマンとしての口調で答えた青井は、百瀬に向き直った。

「桜子さん、モモのファンなんだって。桜子さんの娘さんもファンなんだよ」

「え、そうなんですか。ありがとうございます」

「そんな、こちらこそ。お会いできて光栄です」

ペコ、とまた桜子は頭を下げる。青井に見せる素の顔と、百瀬に向けるよそゆきの顔とのギャップがおかしい。店長と津久井も笑いを堪《こら》えているらしく、口許《くちもと》と目許が緩《ゆる》んでいる。

しかし翔大は厳しい顔つきのままだった。

店の空気に合わすことすらせんて、本気で怒ってる証拠や。

「お待たせしました、もちチーズです。熱いのでお気を付けください」

翔大は無駄のないコテさばきで、出来立てのお好み焼きを青井の前に押し出した。その声はやはり、いつもより硬い。

そんなことを知る由《よし》もない青井は、わあ、と嬉しそうな声をあげた。

「ありがとう。すっごく美味《おい》しそうですよ、桜子さん」

「美味しそう、やのうて美味しいから。ほら、早《は》よ食べ」

「はーい、いただきます」

両手を合わせた青井は、翔大が手早く切り分けたお好み焼きを小皿へとった。そしてコテではなく箸《はし》でお好み焼きを頬張《ほおば》る。

「あっつ……、でも美味しい！」

思わず、といった感じで青井が口にした感想に、翔大は瞬《まばた》きをした。

硬くなっていた表情が、たちまち柔らかく緩む。

「ありがとうございます」

「や、ほんと美味しいです。今まで食べたお好み焼きの中で、一番美味しい」

感心した青井の物言いに、でしょ、と嬉しそうに桜子が頷く。その桜子の前にも、お待たせしました、という言葉と共に津久井が焼いたお好み焼きが差し出された。ありがと、と礼を言った彼女は嬉しそうにコテを手にとる。

優しい眼差しで青井と桜子を見守っていた翔大が、ふとこちらに目を向けた。

ドキ、と心臓が鳴る。

すると翔大は、ばつが悪そうに微笑《ほほえ》んだ。

考えるより先にほっとして、百瀬も笑みを返す。

もう怒ってへんみたいや。

何がなんだかよくわからないが、とにかくよかった。

――いや、全然よくない。

昨夜《ゆうべ》、様子がおかしかったことも含めて、なぜ怒っていたのか、ちゃんと聞かなければ。

些細《ささい》なすれ違いを放置して、大きな溝《みぞ》になってしまっては大変だ。


百瀬の後に客は来ず、閉店まで青井と桜子の三人で雑談をした。その間に、桜子に請《こ》われて彼女と彼女の娘のためにサインを書いた。

青井と桜子を見送った百瀬は、店長の厚意《こうい》で、翔大の仕事が終わるのを店内で待たせてもらうことになった。

百瀬がいるからか、店長と津久井は遠慮がちに会話しているようだった。翔大はといえば、時折こちらを見て、やはり決まりが悪そうな、申し訳なさそうな顔をした。もう怒っていないのは確かなようだ。

気にせんでええよ、という風に微笑んでみせたものの、翔大の怒りの原因だけでなく、なぜ彼が急に怒りを収めたのかも、申し訳なさそうな理由もわからなかったので、内心ではハラハラしていた。

何か後ろめたいことでもあるんか？

いやいや、翔大君に限ってそんなことはありえん。

今日までそれなりに恋をしてきたが、過去の経験は少しも役に立たなかった。なにしろ翔大のように情緒がどっしりと安定したタイプと付き合ったことがないのだ。

三十代半ばになっても、否、三十代半ばになったからこそ、初めては怖い。

失いたくない相手に対してなら、尚更《なおさら》だ。

「百瀬さん、また来てくださいね。篠倉《しのくら》、お疲れさん」

「さよーならー。シノさんお疲れさんっしたー」

去っていく店長と津久井に、お疲れさんでした、と百瀬は手を振って応じた。

隣に立っている翔大も、お疲れさんです、と二人に頭を下げる。

百瀬はちらと翔大を見下ろした。そこにはいつも通りの、穏やかな表情がある。

思わずほっと息をつくと、翔大が視線を上げた。

「お待たせしてすんません」

「いやいや、全然。お疲れさん」

「百瀬さんこそ、お疲れさんです」

笑みを浮かべた翔大だったが、ふと黙り込んだ。そしてまた申し訳なさそうな顔をする。

「あの、百瀬さん、すんませんでした」

「え、何が?」

「俺、態度悪かったから。ごめんなさい」

ためらうことなく頭を下げた翔大に、百瀬は胸がときめくのを感じた。

おお、カッコエエ……。

世の中、自分が悪いとわかっていても、素直に謝れない人の方が多いのではないだろうか。

さすがは翔大だ。潔《いさぎよ》い。惚《ほ》れ直《なお》してしまう。

「そんな謝ってくれんでええて。全然気にしてへんから。けど翔大君、昨夜もちょっとおかしかったやろ。何かあったんか?」

心配半分、不安半分で尋ねると、翔大はやはり決まりが悪そうに視線をそらした。軽く頭をかいた後、帰りましょう、と百瀬を促《うなが》す。

しばらく無言で歩くと、翔大は周囲を見まわした。背後にも視線をやって、人がいないことを確認する。やがて彼は小さく息をついた。

「昨日、津久井が好きになった女の子の話、したでしょう」

「ああ、うん。城坂《しろさか》君に似てるコやろ」

「はい。そのときに、青井さんの話が出たんです」

「青井て、今日来てた青井ワカコ?」

こく、と翔大は頷く。

「津久井が今まで好きになってきた人の見た目て、青井さんみたいなタイプらしいんです。スラッと背が高《たこ》うて、ちょっと個性的な美人、みたいな。津久井がその話したときに、本多《ほんだ》さんが昔、青井さんと百瀬さんが付《つ》き合《お》うてるて噂になったことがあるて言い出して」

「確かに週刊誌には載ったけど、それ完全にでっちあげやから。昨日言うた通り、彼女とは今も昔もただの友達や。今日僕らがしゃべってるん見ててわかったと思うけど、翔大君が気にすることとなんか何もない」

慌てて否定した百瀬に、翔大は苦笑した。

「俺も心配することないと思います。百瀬さんを信じてますから」

迷いのない物言いに感激した百瀬は、翔大君、と思わず恋人の名前を呼んだ。

しかし翔大は淡々《たんたん》と続ける。

「あと、パイロットランプの城坂さんも、今は普通に仕事仲間や」

さりげなく発せられた、今は、という言葉に、わずかに体が強張《こわば》る。

翔大には、城坂にふられたことは話していない。もし翔大が過去の恋愛について尋ねてきたら、黙っているのもおかしいので、ごく簡単に説明しようとは思っていた。が、彼は何も聞いてこなかった。

城坂とのことは野村にすら話していない。だからあの失恋を知っているのは百瀬自身と城坂、そして城坂の相方の秀永《ひでなが》だけだ。翔大は城坂とも秀永とも接点がないから、二人から聞いたとは考えにくい。きっと百瀬の言葉の選び方やニュアンスから、過去に何かあったと気付いたのだろう。

何をどう説明しようか懸命に言葉を探している間に、翔大は微笑んだ。

「百瀬さんは嘘ついてへん。ちゃんとわかってます」

落ち着いた物言いに、我知らずため息が漏れた。安堵《あんど》によく似た、しかし安堵とは少し異なる苦みの混じった感情に促《うなが》され、うん、と大きく頷いてみせる。

「僕は、翔大君に嘘なんかつかん。青井ちゃんのことも城坂君のことも、ほんまに何でもないからいろいろ話したんや。ほら、翔大君は僕の話聞いても変に勘《かん》ぐったり、僕の心変わりを疑《うたご》うたりせんやろ。せやから」

「確かに、百瀬さんの気持ちを疑《うたご》うたりはしません。けど」

一旦言葉を切った翔大は、足を止めた。百瀬もつられて立ち止まる。

まっすぐ見上げてきた翔大の顔には、これ以上ないぐらい真剣な表情が映っていた。月明かりの下でも、うっすらと頬が上気しているのがわかる。

「それと、嫉妬とは別です。誰でも彼でもってわけやないけど、百瀬さんがめっちゃ褒《ほ》めたり好意的やったりすると、やっぱりちょっと妬《や》けるんです」

緊張しているのか、あるいは恥ずかしいのか、耳まで赤く染《そ》めた翔大はふいと視線をそらした。

「百瀬さんは、俺はそういう感情とは無縁やて思《おも》てはるみたいやけど、違います。信じてても、嫉妬はするんです。好きやから」

口ごもるように言った翔大は、とうとううつむいてしまう。

露《あらわ》になった項《うなじ》までピンク色に染まっているのを見て、百瀬は歓喜のあまり、ぬおあああ！と叫びそうになるのを、息を飲み込むことでどうにか堪《こら》えた。

要するに翔大君は、青井ちゃんとか城坂君にヤキモチ焼いてたんや。

確かに翔大が嫉妬するイメージは全くなかった。そういう俗《ぞく》な感情とは無縁だと思っていた。だからこそ余計に、視線を合わすこともできずに真っ赤になっている翔大が、愛《いと》しくてかわいくてたまらない。

ヤキモチ焼く翔大君、めちゃめちゃカワイイ！

ていうか、妬いてもらえてめちゃめちゃ嬉しい！

愛しさと感激で打ち震える百瀬に気付いていないらしく、翔大は下を向いたまま続ける。

「青井さんと桜子さん、百瀬さんが店に来はるまで百瀬さんの話をしてはったんです。青井さんが百瀬さんのこと、モモって当たり前に呼んではってイライラしました。それに百瀬さんも彼女のこと、青井ちゃんて呼ぶし、めっちゃ仲良さそうやし。青井さんが、百瀬さんが大阪のまさとらによう行ってはったことを知ってはるんもおもしろうなかった。けど、青井さんは何も悪《わる》ない。青井さんが俺の焼いたお好み焼きを美味《おい》しいて言うてくれはって、勝手に嫉妬してる自分が急に恥ずかしいなったんです。百瀬さんは、こんなしょうもないことでヤキモチ焼く俺に、幻滅《げんめつ》しはったかもしれんけど、でも」

「翔大君」

言いつのる翔大を遮《さえぎ》った百瀬は、翔大の肩をしっかりとつかんだ。

翔大は驚いたように顔を上げる。

こげ茶色の瞳が心なしか潤《うる》んでいて、胸どころか全身が熱くなった。

「幻滅なんか全然してへん。僕も翔大君の気持ちを考えんと、いろいろしゃべって悪かった。翔大君に甘えてしもてたな。ごめん」

「や、あの、しゃべってくれはるんは全然ええんです。楽しいし嬉しいし、勉強になったりもするし。ただ、ときどきヤキモチ焼いてまうだけで……」

「ヤキモチ大歓迎です。どんどん妬いてくれてええよ。その方が嬉しい」

「そ、そうなんですか?」

「そうなんですよ」

ニッコリ笑ってみせた百瀬は、ポンと翔大の肩を叩いた。

「こんなとこで立ち止まってる場合やない。走って帰ろう」

「え、何で? 記者の人がおるとか……?」

慌てて周囲を見まわす翔大に、百瀬は首を横に振った。

「記者はおらん。ただ、僕が我慢の限界やねん。はい、行くで。よーいドン!」

もう一度翔大の肩を軽く叩いて、駆け出すように促す。

翔大は首を傾《かし》げつつも走り出した。すかさず並走《へいそう》すると、こちらを横目で見上げてくる。

「あの、百瀬さん、我慢て?」

「翔大君ちに着いたらわかる。さあ、急ぐで!」

百瀬が満面に笑みを浮かべていたので安心したのだろう。

はい、と同じく笑顔で頷いた翔大は、素直に速度を上げた。

翔大を腕の中へ抱きこむようにして扉の内側へ入った百瀬は、後ろ手で鍵を閉めた後、我慢できずに恋人の体を抱きしめた。

百瀬さん、と驚いたように呼んだ唇を、すかさず塞《ふさ》ぐ。

「んっ……」

翔大が硬くなったのは、ほんの一瞬だった。

唇を深く重ねて歯列《しれつ》を舌で割ると、少しの抵抗もなく受け入れてくれる。それどころか、自《みずか》らも舌を差し出してキスに応《こた》えてきた。

「ん、は、もせさ……、すき、んう」

息継ぎのために角度を変えた唇から熱っぽい告白が零《こぼ》れ落《お》ち、百瀬は思わず翔大の体をきつく抱きしめ直した。そして嚙《か》みつくようにキスをする。

かわいい。たまらん。僕のもんや。

靴はかろうじて脱いだものの、ベッドまで行かずに床に押し倒してしまったのは、一刻も早く翔大に触れたかったからだ。

翔大も同じ気持ちなのか、嫌がる素振《そぶ》りはない。上着を脱がせる百瀬の手を止めることもなく、夢中な様子でキスを続ける。唇の隙間からちゅくちゅくと淫《みだ》らな水音があふれても、首筋にまわった腕は離れなかった。もっと、と要求するようにしがみついてくる。

求められていることがはっきりと伝わってきて、胸が熱く痺《しび》れた。

全部隅々《すみずみ》まで触りたい、撫《な》でたい、舐《な》めたい、齧《かじ》りたい。僕で感じさせたい、僕を感じさせたい。

性急だと承知の上で、翔大のジーンズに手をかける。ボタンをはずして前を寛《くつろ》げると、彼の性器は早くも下着を押し上げていた。

もうこんなに感じてくれてる。

自身の腰にも熱が溜《た》まるのを感じながら、百瀬は濡れて色を変えている下着をジーンズごと押し下げた。

「ふ、あっ……」

布が擦《こす》れる感触に耐えられなかったようで、翔大は口づけから逃《のが》れて掠《かす》れた声をあげる。

露になったものは、薄暗い室内でもそれとわかるほどに高ぶっていた。震える先端から雫《しずく》が滴《したた》る様《さま》は淫靡《いんび》で、無意識のうちにごくりと喉《のど》が鳴る。

翔大には言っていないが、彼の性器は恋人の欲目を抜きにしてもきれいだ。形を変えてもそれは変わらず、甘く熟《じゅく》した果実のように見える。この果実が自分だけのものだと思うと、身震いするほどの喜びを感じる。

百瀬は屹立《きつりつ》したそれに舌を這《は》わせて味わった後、大きく口を開いて中に招き入れた。

「や、百瀬さ……、あ、あ」

丁寧《ていねい》に舐めると、翔大は甘い声を漏らした。そして百瀬の愛撫《あいぶ》に合わせ、腰を揺らし、くねらせる。このマンションが百瀬が住む物件とは違って、それほど壁が厚くないとわかっているからだろう、大きな声を出さないように堪《こら》えている分、体は正直に反応するようだ。そういえば以前、口でしたのは百瀬のマンションにいるときだった。こちらでしたことは一度もない。

翔大君はセックスになるといっつもエロいけど、今日は特にエロい。

いつになく興奮しているのを感じつつ、硬さを増したものをきつく吸う。

すると翔大はくぐもった声をあげた。両手でしっかりと口を押さえているのが、視界の端に映る。

一方で、百瀬の口の中のものは次から次へと雫をこぼしていた。長時間の立ち仕事のせいで余分な肉がついていない翔大の腹が、艶《なま》めかしく波打つ。ひきしまった腰はもどかしげにくねり、広げさせた腿《もも》はピクピクと震えている。

「も、もう……、いく、出るっ……」

掠れた声で訴《うった》えてきた翔大に、いってもええよ、と言うかわりに、百瀬は舌先で刺激を与えてやった。

「あぁ……！」

掌《てのひら》の下で悲鳴のような嬌声《きょうせい》をあげ、翔大は達した。

口の中に勢いよく放たれたものを味わいながら、ゆっくりと嚥下《えんか》する。独特の味は少しも気にならなかった。それどころか、甘いとすら感じる。

翔大君のやからや。

感慨を覚えながら全てを飲み下して顔を上げると、こちらを見つめる翔大と目が合った。

はあはあと荒い息を吐く彼の顔は、鮮《あざ》やかに上気していた。熱っぽく潤《うる》んだこげ茶色の瞳が、たまらなく扇情的《せんじょうてき》だ。

もっともっと、翔大君の全部に触りたい。

「翔大君」

Tシャツを脱がせようとすると、翔大は頭を振って百瀬の手から逃《のが》れた。間を置かずに上半身を起こし、自らTシャツを脱ぎ捨てる。

百瀬に腿の辺りまで脱がされていたジーンズを、下着ごと脚から抜きつつ翔大が言う。

「百瀬さんも、脱いで」

大胆な脱ぎっぷりに嬉しくなって、うんと百瀬は頷いた。

こういうとこはやっぱり、翔大君や。

初めてのセックスのときも、経験がないのにベッドに誘ってきた。情事の最中はさすがにどうすればいいのかわからなかったようで、百瀬に身を任せていたが、まだ、もっとして、と自らの欲求はちゃんと言葉にして伝えてくれた。

こちらばかりが求めているわけではない。彼もほしがっているのだと実感させてくれる素直な態度が、いかにも翔大らしくて好きだ。

「百瀬さん」

上着とシャツを素早く脱ぎ捨てると、全裸になった翔大が待ちきれなくなったように抱きついてきた。

熱を帯《お》びた体をしっかり抱きとめ、上気した首筋や肩口に甘く噛《か》みつく。それだけでは足りずに、左手で滑《なめ》らかな背中を撫でまわし、右手で硬く尖《とが》った乳首をつまむ。待ちきれないのはこちらも同じだ。

あ、あ、と小さく声をあげながらも、百瀬さん、と再び翔大が呼ぶ。

「百瀬さんの、口でしたい」

え、と百瀬は思わず声をあげてしまった。今までしたことはあっても、されたことはなかったのだ。

「だめですか?」

「や、してくれるんは嬉しいけど」

無理せんでええんやで、と言いかけてやめた。

翔大君は無理なんかしてへん。

無理なら最初から口に出さないだろう。本当にしたいと思ってくれているのだ。

「そしたら、してくれるか?」

はい、と嬉しそうに返事をした翔大は、百瀬の膝《ひざ》から降りた。

「うまいことは、できんかもしれませんけど……」

「そんなん、全然。翔大君にしてもらえるだけで嬉しい」

優しく言ったつもりだったが、隠しきれない情欲のせいで、幾分《いくぶん》か切羽《せっぱ》つまった物言いになってしまった。

しかし翔大はそれが嬉しかったらしく、ニッコリと笑う。

手を出さずに見守っていると、翔大は真剣そのものの顔になった。ためらうことなく百瀬の下半身に手を伸ばし、パンツの前を寛げる。

自ら露《あらわ》にした百瀬のものが大きく育っているのを目《ま》の当たりにして、翔大の喉がこくりと音をたてた。が、やはり迷うことなく、おもむろに顔を伏せる。

「っ……!」

翔大の舌が先端を這う感触に、百瀬は思わずうめいた。

それに気を良くしたのか、翔大は積極的に舐めたり吸ったりし始める。

舌と唇を使って施《ほどこ》される愛撫は、どちらかといえば拙《つたな》い。が、その拙さが逆に、本当に翔大にしてもらっているのだと実感できて興奮する。

それに視線を下ろせば、熱心に百瀬を頬張る翔大の顔が見えるのだ。伏せられた睫《まつげ》は色っぽく、猛《たけ》ったものが翔大の口を出入りする様《さま》は、淫猥極《いんわいきわ》まりない。

「んっ、ん」

百瀬に歯をたてないようにするためだろう、翔大が苦しげな声を漏らす。

「苦しかったら、無理せんで、ええんやで」

荒い息の合間を縫《ぬ》って囁いた百瀬は、翔大の頭を優しく撫でた。

しかし翔大は微《かす》かに首を横に振る。それでも息苦しさはどうしようもなかったらしく、一旦口を離した。かわりに子猫がミルクを舐めるように、性器に舌を這わせる。

その柔らかな感触だけでなく、桃色の舌が己《おのれ》の性器を舐める様に視覚的に煽《あお》られ、百瀬は思わず熱い息を吐いた。もともと翔大に触れて、彼の嬌態《きょうたい》を目にしていた時点で、既にかなり高ぶっていたのだ。そろそろ限界が近い。

「翔大君、もうええから……」

髪を梳《す》いてやると、翔大はそっと顔を上げた。

「ようない、ですか……?」

百瀬の性器からあふれたもので濡れた唇が、不安げに問う。

情欲で潤んだ瞳にひしと見つめられ、百瀬は息を飲んだ。

何じゃこら。エロすぎるやろ。

「めっちゃ気持ちええよ……。もう、いってしまいそうや……」

「そしたら、いってください」

言うなり、翔大は再び先端を口に含んだ。かと思うと強く吸い上げる。

突然の刺激に、うあ、と百瀬は思わず声をあげた。我慢できずに達してしまう。

腰を直撃したのは痺れるような快感だった。セックスの経験がない十代の若者のように、みっともないほど荒い息遣いを止めることができない。

「ごめん、翔大君……」

いきなり口の中に出してしまったことを謝罪しつつ、きつく閉じていた目を開ける。

次の瞬間、百瀬は頭を思い切り殴られたような衝撃を受けた。

同じように荒い息を吐いている翔大の頬や口許が、己が放ったものでべったりと濡れていたのだ。当の翔大は、茫然《ぼうぜん》とした表情で座りこんでいる。

「ごめん、ほんまごめん！　大丈夫か？」

「……めへんかった……」

「え？」

「全部、飲める思たのに……」

悔しそうなつぶやきを耳にした途端、ぎゅうと胸がよじれるように痛んだ。

嬉しいのか、泣きたいのか、おかしいのか、愛しいのか、興奮しているのか。自分でも何がなんだかわからない。

気が付いたときには、翔大を強く抱きしめていた。

「翔大君、好き。好きや」

「俺も、好きです。百瀬さん、好き」

しがみついてくる体は、これ以上ないほど熱い。

密着したことで翔大の劣情《れつじょう》が腹に当たり、彼が再び興奮しているのがわかった。百瀬のものを口で愛撫していただけでここまで高ぶったのだと思うと、また胸が捩《よじ》れるように痛む。

百瀬は翔大を己の腿《もも》の上に抱き上げた。百瀬の腹に性器が強く擦れたからだろう、あぁ、と翔大が甘い声をあげる。

改めて上気した面立《おもだ》ちを覗き込むと、恍惚《こうこつ》と見つめ返された。

「無理さしてごめんな」

「無理なんか、してません……」

普段は聞けない拗《す》ねた物言いに、また胸が熱くなる。

「うん、そしたら、してくれてありがとう」

ともすれば燃《も》え盛《さか》る情欲のせいで獰猛《どうもう》になりそうな声を抑え、百瀬は翔大の頬や口許を指で丁寧に拭《ぬぐ》った。嬉しそうにされるままになっている翔大の背後に手をまわす。

翔大君の中を、僕でいっぱいにしたい。

まだ硬く閉じている尻の谷間に濡れた指先を這わせると、翔大の体が小さく跳ねた。

しかしそれは拒絶ではなかった。早よして、という風に首筋にしがみつかれて、ゆっくりと指を押し入れる。

「あ、ん、んー……！」

数えるほどしか百瀬を受け入れたことがないにもかかわらず、そこは想像していたより柔らかかった。一度達して体の余分な力が抜けているからか、数回の情事で力を抜くこつを翔大が覚えたのか。百瀬の指を排除しようとするのではなく、隙間なく包み込んでくる。

「は、はぁ、百瀬さ……」

「痛いか？」

「ううん、平気……」

その言葉が嘘ではないと証明するように、百瀬の腹に当たっている翔大の性器が萎《な》える様子はなかった。それどころか、高ぶったそれは新たな雫を滴《したた》らせている。

同じように再び高ぶった百瀬の劣情《れつじょう》も、翔大のひきしまった腹を汚しつつあった。

今、指で解《ほぐ》している場所に入れるのだと想像しただけで、興奮はいや増す。

既に熟知している感じる場所を押してやると、翔大は一際《ひときわ》甘い悲鳴をあげた。が、すぐにハッとして口許を手の甲で押さえる。

更に押《お》し潰《つぶ》すようにすると、背中が反《そ》った。中からの刺激と、己の劣情が百瀬の腹に擦られた刺激に翻弄《ほんろう》され、翔大が手の下からくぐもった声を漏らす。

「やっ、あんまり、したら、声がっ……」

「けど、解さんと翔大君が辛《つら》い」

「そ、やけど……、あ、あっ」

二本目の指を足すと、翔大はまた甘い嬌声をあげた。間を置かず、敏感《びんかん》な場所を再び狙《ねら》う。

「ん、んう……！」

びくびく、と腰を震わせたかと思うと、翔大は絶頂を迎えた。

ああ、もう僕の指だけで、しかも後ろだけでいけるんや。

愛しさと感動を噛《か》みしめつつ、迸《ほとばし》ったものを己の腹で受けとめる。

もちろん、その間も愛撫は止めない。卑猥《ひわい》な水音があふれるのにかまわず、ひたすら中を柔らかく解す。

努力の甲斐《かい》あって、翔大の内側は確実に蕩《とろ》けてきていた。三本目を入れても、もはや抵抗はない。火傷《やけど》しそうなほど熱い内壁が艶《なま》めいた動きで指を締めつけてくる。

凄い。とろとろや。

達した後も絶え間なく襲いかかってくる快感に耐え切れなくなったのだろう、翔大がすすり泣いた。

「また、いく……、いくっ……」

「いってもええから」

「や、いやや……、百瀬さんのが、ほしい……。百瀬さんの、入れて……」

淫《みだ》らに腰を揺らしてねだられ、百瀬は体が芯から燃え上がるような錯覚《さっかく》を覚えた。

このままやったら乱暴にしてしまいそうや。

意識して大きく息を吐き、すぐに突き上げたい欲を抑える。そしてゆっくりと指を抜いた。

「あぁ……」

安堵と喪失感《そうしつかん》が入り混じった嬌声《きょうせい》を耳にしながら、翔大の背中を支えて押し倒す。

もう一秒も待てん。

力の抜けきった翔大の両脚をすかさず抱え上げた百瀬は、今し方まで指を入れていた場所に、己の劣情を押し入れた。

「ん、んー……っ!」

いささか性急な挿入《そうにゅう》だったにもかかわらず、翔大のそこはスムーズに百瀬を受け入れていく。

狭い場所を押し開くえも言われぬ快感と、熱く蕩けた内壁がからみついてくる感触に、息があがった。とても途中で止められなくて、一息に奥まで貫《つらぬ》く。

凄い。めちゃくちゃ気持ちええ。

――翔大君は?

は、は、と息を吐きつつ、翔大を見下ろす。

そこには眉をきつく寄せながらも、恍惚とした表情を浮かべた恋人がいた。互いの汗と淫水《いんすい》で濡れつくした体は余すことなく上気し、苦痛ではなく喜びを如実《にょじつ》に示している。気持ちいいかと尋ねるまでもない。

百瀬の視線に気付いたのだろう、翔大は宙に彷徨《さまよ》わせていた瞳を百瀬に向けた。

「嬉しい……。俺の中……、百瀬さんで、いっぱいや……」

掠《かす》れた声で囁いて、うっとり笑みを浮かべる。

扇情的で色っぽいのに、どこか無邪気な笑みに、心臓を撃ち抜かれた気がした。

「翔大君、翔大……！」

優しくゆっくり、などと気遣う余裕はない。

とにかく翔大がほしくてたまらなくて、感じたくて、激しく揺さぶる。

「あ、あっ、んん」

高い声は、すぐにくぐもった声に変わった。

夢中で律動《りつどう》を続けながら見遣《みや》ると、翔大は百瀬が脱ぎ捨てたシャツを口にくわえていた。くしゃくしゃになったシャツを噛《か》みしめる様は健気《けなげ》で、ますます煽《あお》られる。耳を塞《ふさ》ぎたくなるような淫靡《いんび》な水音があふれるのにもかまわず、感じる場所を狙って突き上げると、翔大は背中と喉を反り返らせた。

汗に濡れた喉仏に噛みつきたい衝動を、熱く蕩けた場所をもう一度突くことでやりすごす。

「んん……！」

いいところにまともに当たったらしく、翔大は震えながらまたしても達した。連動して、彼の中もきつく締まる。

その刺激に耐え切れず、百瀬も達した。先ほど翔大に口でしてもらったときも痺れるようだったが、今度の快感はいっそう強烈だ。あまりの気持ちよさに、喘《あえ》ぎ声《ごえ》が漏れてしまう。翔大はといえば、あ、あ、と断続的に嬌声をあげた。どちらのものとも知れない体液で濡れつくした体がピクピクと跳ねる。

達して力が抜けた内壁の艶めかしい蠕動《ぜんどう》に、息がつまった。

——あかん、一回つながっただけでは足りん。

今し方達したばかりなのに、翔大の中に入れたままのものに、またしても欲望がつのる。

「百瀬さん……」

体で直接百瀬の欲を感じとったのだろう、翔大が甘い声で呼ぶ。

見下ろせば、涙に濡れた赤い目許には、はっきりと情欲が滲《にじ》んでいた。スラリと伸びた脚は、大きく広げられたままだ。既に三度達した劣情も、ゆるゆると立ち上がっている。足りないのは翔大も同じらしい。

「このまま、もう一回、してもええか……？」

荒い息の合間に問うと、翔大はこくりと頷いた。

「して……、してください……」

その言葉を最後まで聞き終わらないうちに、百瀬は翔大の膝裏《ひざうら》を改めて抱え直した。そして今度は己の欲望を満たすためというよりも、翔大に気持ちよくなってもらうために腰を動かす。

過剰なほど敏感になっているらしい恋人の体は、たちまち跳ね上がった。百瀬の律動に合わせて、翔大の腰も淫らに揺れる。

「あ、ん、ふ、ぅん」

一度は口から離したシャツを、翔大は再び口にあてた。よほど感じているらしく、抑えきれなかった嬌声が布の下から漏れ出る。

いい、気持ちいい、好き、好き。

シャツがなかったら、そんな甘い言葉がひっきりなしに聞こえてきただろう。

「僕も、好きや……」

込み上げてきた愛しさに促されて熱っぽく囁く。もちろん、熱く蕩けた場所を出入りする激しい動きは続けたままだ。

その声だけで感じてしまったらしく、翔大の中がきゅうと締まった。翔大は情事の最中の、百瀬の低い声に弱い。特に入れられた状態だと、声だけで高ぶってしまう。

「好きや、翔大君、好き」

尚も囁きながら、翔大の好きなところを擦《こす》り上《あ》げる。

同時に、律動に合わせて踊るように揺れている劣情を愛撫してやる。

「んん……!」

翔大は呆気《あっけ》なく達した。ピンと背中を反らしたかと思うと、腰をくねらせる。

その動きに逆らわず、しかし止まらずに百瀬は動き続けた。

まだや。もっと僕を感じてほしい。

百瀬の望み通り、達しながら突かれるという初めての経験に、翔大はひどく感じているようだった。ぽろぽろと涙をこぼしつつも、体は淫靡に震えている。シャツで押さえているにもかかわらず、嬌声が大きくなったのがわかった。

きっと耳を溶かすほど甘くなっているだろう声を聞きたくて、シャツを取り払う。

「やっ……、あ、ぁん、やぁ」

想像以上に色めいた嬌声に、一気に欲望が膨《ふく》らんだ。激しく突き上げながら、翔大の唇をシャツのかわりに己の唇で塞《ふさ》ぐ。

口の中に放《はな》たれた甘い声を余さず食らいつつ、百瀬も達した。

そのまま口づけが深くなる。翔大の脚が腰にからみついてきて、体のつながりも深くなる。

今夜はまだ当分、眠れそうもなかった。


ふと目を覚ました百瀬の視界に一番に飛び込んできたのは、艶やかなこげ茶色の髪だった。

翔大の頭が目の前にある。

頬を緩めながら窓の外に目をやると、カーテンの向こう側は既に明るかった。目覚まし時計の針は九時をさしている。一瞬焦《あせ》ったものの、『まさとら』が定休日だということをすぐに思い出した。百瀬も仕事は昼からだ。

体も心もこれ以上ないくらいに満たされているのを感じて、深いため息を落とす。染めているわけではなく地毛《じげ》だという翔大の髪に頬を埋《うず》めると、シャンプーの爽《さわ》やかな香りが鼻先をかすめた。腕の中の確かな温《ぬく》もりに、自然と頬が緩む。

昨夜《ゆうべ》は最高やった……。

二度、翔大の中で達した後、つながったまま彼を膝の上に抱き上げてもう一度した。まだしたいとねだる翔大を宥《なだ》めて一旦抜いて、体を清めるために一緒にバスルームに入った。しかし翔大の中に放ったものをかき出す過程で、恋人の淫らな反応に我慢できなくなったのは百瀬の方だ。背後から抱き上げる形でまたつながった。

初めての体勢だったが、翔大は抗《あらが》わずに百瀬の胸に体を預けてくれた。下から突き上げながら、前にまわした手で乳首や性器を思う様弄《いじ》ると、翔大は激しく乱れた。声を出さないように両手で口を押さえていたため、百瀬の悪戯な手を払《はら》い除《の》けることができなかったのだ。

翔大が何度達したかは定かではない。すすり泣きながら苦しそうに、しかし気持ちよさそうに絶頂を迎える様は官能的で、思い浮かべただけで腰に熱が溜まる。

最初のセックスからエロすぎるて思とったけど、あっさり超えてしもた。

それもこれも全て、翔大が百瀬を好きだからこその反応だ。

信じてても、嫉妬はするんです。好きやから。

翔大の言葉を思い出して、百瀬はやに下《さ》がった。

どっしりと安定した翔大が好きだ。朝になれば必ず上る太陽のように、変わらずにいてくれるのが何よりも安心できる。力をもらえる。癒される。

けど、ヤキモチ焼かれるんも悪ない。

ていうか、めっちゃ嬉しい。

百瀬はすうすうと健康的な寝息をたてている翔大の髪を丁寧に梳《す》いた。彼にパジャマを着せたのは百瀬である。一緒にバスルームを出たものの、翔大は激しいセックスの余韻《よいん》でぐったりとしていて、自分で着ることができなかったのだ。感じすぎた体には布が擦《こす》れる感触だけでも刺激になったらしく、色めいた吐息を何度も漏らした。

カワイイてカッコエエ上に、とびきりエロいて、どないやねん。

しかもそんなコが恋人てどないやねん。

僕、幸せすぎやろ。

湧き上がってきた愛しさを抑えきれず、翔大の頭にキスをすると、んん、とくぐもった声があがった。腕の中に収めた体がもぞもぞと動いて、肩口に額を擦りつけてくる。無意識の甘える仕種が嬉しい。

「ん……、おはようございます……」

ぼんやりと挨拶した声が掠れているのは、昨夜たくさん啼《な》いたからだ。

「おはよう。ごめん、起こしたな」

囁いてもう一度キスをすると、翔大はゆっくり顔を上げた。

まだ意識が覚めきっていないらしく、泣いて腫《は》れぼったくなった目が瞬《まばた》きをくり返す。こしこしと目許を擦る仕種が、どこか幼くて可愛らしい。

「……ももせさん……?」

「はい。僕ですよ」

「あれ、俺……」

訝《いぶか》しげに首を傾げた翔大は、次の瞬間、真っ赤になった。昨夜のことを思い出したらしく、勢いよく百瀬の肩口に顔を埋《うず》めてしまう。

耳まで赤くなっているのが愛しくてたまらなくて、百瀬は抱きとめた体を優しく撫でた。

「恥ずかしがることないで。翔大君、めっちゃかわいかった」

「けど俺、もうじき三十になるええ大人やのに、嫉妬とか……。青井さんにも見当《けんとう》違いのヤキモチ焼いて、悪いことしてしもたから……」

え、恥ずかしいのそっち?

思わず翔大を見下ろすと、翔大はぐりぐりと百瀬の胸に頭を擦り付けた。

「それに俺、昨夜、なんか凄いやらしいなってしもたし……」

あ、やっぱりそっちも恥ずかしいんや。

恋人の天然気味な発言に笑み崩《くず》れながら、再び翔大の頭の天にキスをする。

「昨日言うた通り、ヤキモチは大歓迎や。やらしいのも大歓迎。それにヤキモチに年は関係ないで。もし翔大君が映一《えいいち》のファンや言うたら、僕かておもろない。ヤキモチ焼くわ」

「……ほんまですか？」

「ほんまや」

そうなんや、と安堵したような声が胸元から聞こえてきて、百瀬は思わず微笑んだ。

かわいいなあ、とまた思う。かわいくてたまらない。

このかわいい翔大君を、もっと独占したい。

「なあ、翔大君だけの僕の呼び方、決めよか」

「俺だけの呼び方、ですか？」

唐突な百瀬の提案に、翔大はきょとんとして顔を上げた。

情事の余韻《よいん》が残る色っぽい目許を、慈《いつく》しむように指でたどる。

「僕のファンの人らとかマネージャーとか友達とか、大抵の人は僕のことモモて呼ぶ。あと、仕事の共演者の人らとかスタッフさんは、百瀬君とか百瀬さんて普通に苗字で呼ぶ人が多い。それ以外で呼ばれるとしたら、モモさんぐらいかな」

百瀬に興味がない人たちは、当然、百瀬のフルネームを知らない。が、モモという呼び方だけは知っている場合がある。それほど『モモ』は世間に浸透《しんとう》している。

「せやから僕と翔大君、二人きりのときの呼び方、統也《とうや》さん、とかどうやろ」

真面目な顔で見下ろすと、翔大は瞬《まばた》きをした。

家族や親戚は名前を呼ぶが、呼び捨てか君付けだ。さん付けする者は一人もいない。

つまり『統也さん』は、翔大だけの呼び方になる。

逆を返せば、『統也さん』と呼ぶ翔大は百瀬だけのものだ。

「統也さん？」

確かめるように、どこか不思議そうに呼ばれて、百瀬はじんわりと胸が熱くなるのを感じた。

翔大君に統也さんて呼ばれるん、めっちゃええ。

「はい、何ですか」

「統也さん」

今度はしっかり、はっきりと呼ばれて、はい、と返事をする。

すると翔大はさも嬉しそうに、そして満足そうに笑った。この呼び方は俺のや。そんな可愛らしい独占欲が垣間《かいま》見《み》える。

ぬおあああ！　と歓喜のあまり叫びそうになるのを我慢した百瀬は、かわりにぎゅうと翔大を抱きしめた。

「翔大君、もういっぺん呼んで」

「統也さん」

「もう一回」

「統也さん」

何やこれ、幸せすぎる！

あとがき

久我有加

　本書は拙著《せっちょ》『月よ笑ってくれ　月も星もない2』と『わがまま天国』で当て馬だった、百瀬《ももせ》統也《とうや》の物語です。が、完全に独立した話になっていますので、これら二冊を未読の方もご安心ください。

　百瀬はいい人なのに恋愛では報《むく》われなくて、私も気になっていました。にもかかわらず二作にわたって当て馬として登場させたのは、彼が単体モエの対象だったからです……。

　誰かとカップルにしてモエるのではなく、二枚目の枠《わく》に収まらない個性的な風貌《ふうぼう》なのに、バラエティ番組に出ているときは関西弁の気のいいお兄ちゃんっぽくて、でも脇役《わきやく》でキラリと光る存在感のある役者で、なおかつ独特の歌声を持つシンガソングライターでもある、という百瀬のキャラクターそのものにモエていたため、登場させるだけで満足していたのです。

　しかし私の単体モエのために、百瀬をいつまでも独りにしておくのはいかんのではないだろうか。百瀬を幸せにしてあげてくださいとご感想をいただいたこともあるし、彼の物語を書こう！　と思い立ったのでした。

　無口で口下手《くちべた》な翔大《しょうだい》も、私にとっては、どちらかというと単体モエな人物です。単体モエ同士のカップルは初めてでしたが、予想以上にモエながらの楽しい執筆となりました。

読んでくださった方に、少しでも気に入っていただけるよう祈っています。

翔大の兄、雄大に興味を持たれた方は『わがまま天国』をお読みください。「恋する太陽」に出てきた城坂《しろさか》と百瀬の過去について知りたいと思われた方は『月よ笑ってくれ　月も星もない2』をお読みください。ちなみにこちら、『月も星もない』を未読でも読めます。「まさとら」の社長である新田《にった》、新田の義理の妹の桜子《さくらこ》、ちょっとだけ出てきた漫才コンビ「バンデージ」の相川《あいかわ》に興味を持たれましたら、『何でやねん！　全2巻』をお読みくださいませ。三人の若い頃を垣間見《かいまみ》ることができます。

また、わたくし久我のブログ（http://kugaarika.blog.fc2.com/）に本書の番外篇をアップする予定です。もしよろしければ覗いてやってください。

最後になりましたが、お世話になった皆様方に感謝申し上げます。

本書に携《たずさ》わってくださった全ての皆様。ありがとうございます。特に担当様には大変お世話になりました。これからも精進《しょうじん》いたしますので、よろしくお願いいたします。

素敵なイラストを描いてくださった金《かね》ひかる先生。お忙しい中、挿絵《さしえ》を引き受けてくださり、ありがとうございました。金先生の百瀬をまた拝見することができて、とても嬉しかったです。翔大もかわいく描いていただけて、めろめろになりました。

支えてくれた家族。いつもありがとう。

そして、この本を手にとってくださった皆様。心より感謝申し上げます。貴重なお時間をさいて読んでくださり、ありがとうございました。もしよろしければ、一言だけでもご感想をちょうだいできると嬉しいです。

それでは皆様、お元気で。

二〇一三年四月　　久我有加

D E A R + N O V E L

恋するソラマメ《こいするソラマメ》

この本を読んでのご意見、ご感想などをお寄せください。
久我有加先生・金ひかる先生へのはげましのおたよりもお待ちしております。
〒113-0024　東京都文京区西片2-19-18　新書館
[編集部へのご意見・ご感想] ディアプラス編集部「恋するソラマメ」係
[先生方へのおたより] ディアプラス編集部気付　○○先生

初　出
恋するソラマメ：小説DEAR+ 12年ハル号（Vol.45）
恋する太陽：書き下ろし

新書館ディアプラス文庫

著者：久我有加 [くが・ありか]
初版発行：2013年 5 月25日

発行所：株式会社新書館
[編集] 〒113-0024　東京都文京区西片 2-19-18　電話(03)3811-2631
[営業] 〒174-0043　東京都板橋区坂下 1-22-14　電話(03)5970-3840
[URL] http://www.shinshokan.co.jp/
印刷・製本：図書印刷株式会社

定価はカバーに表示してあります。乱丁・落丁本はお取替えいたします。
ISBN978-4-403-52324-3

©Arika KUGA 2013 Printed in Japan
この作品はフィクションです。実在の人物・団体・事件などにはいっさい関係ありません。

S H I N S H O K A N

ボーイズラブ
ディアプラス文庫
文庫判定価588円
NOW ON SALE!!
新書館

✤綺谷りつこ《あやたに・りつこ》
恋するピアニスト イラスト あさとえいり
天使のハイキック イラスト 夏乃あゆみ
花宵坂に恋が舞う イラスト 北沢きょう
ココロに咲く花 イラスト 六芦かえで

✤五百香ノエル《いおか・のえる》
復刻の遺産 ～THE Negative Legacy～ イラスト おおや和美
【MYSTERIOUS DAM! ①～⑧】イラスト 松本 花
【MYSTERIOUS DAM! EX ①②】イラスト 松本 花
罪深く潔き懺悔 イラスト 上田信舟
EASYロマンス イラスト 沢田 翔
シュガー・クッキー・エゴイスト イラスト 影木栄貴
GHOST GIMMICK イラスト 佐久間智代
本日ひより日和 イラスト 一之瀬綾子
ありす白書 イラスト 小鳩めばる
君ガ大スキライ イラスト 中条 亮
マイ・ディア・プリンス イラスト 染谷留衣
君はロリポップ イラスト 倉本こっか

✤一穂ミチ《いちほ・みち》
雪よ林檎の香のごとく イラスト 竹美家らら
オールトの雲 イラスト 木下けい子
はな咲く家路 イラスト 松本ミーコハウス
Don't touch me イラスト 高久尚子
さみしさのレシピ イラスト 北上れん
ハートの問題 イラスト 三池ろむこ
シュガーギルド イラスト 小椋ムク
meet,again. イラスト 竹美家らら
ムーンライトマイル イラスト 木下けい子
バイバイ、ハックルベリー イラスト 金ひかる

✤いつき朔夜《いつき・さくや》
GIトライアングル イラスト ホームラン・拳
コンティニュー？ イラスト 金ひかる
八月の略奪者 イラスト 藤崎一也
午前五時のシンデレラ イラスト 北畠あけ乃
ウミノツキ イラスト 佐々木久美子
征服者は貴公子に跪く イラスト 金ひかる
初心者マークの恋だから イラスト 夏目イサク
スケルトン・ハート イラスト あじみね朔生
溺れる人魚 イラスト 北上れん
つながりたい イラスト 石原 理
おまえにUターン イラスト 印東サク
初恋ドレッサージュ イラスト 周防佑未

✤岩本 薫《いわもと・かおる》
プリティ・ベイビィズ①～③ イラスト 麻々原絵里依
スパイシー・ショコラ～プリティ・ベイビィズ～ イラスト 麻々原絵里依

✤うえだ真由《うえだ・まゆ》
チープシック イラスト 吹山りこ
みにくいアヒルの子 イラスト 前田とも
水槽の中、熱帯魚は恋をする イラスト 後藤 星
モニタリング・ハート イラスト 影木栄貴
スノーファンタジア イラスト あさとえいり
スイート・バケーション イラスト 金ひかる
それはそれで問題じゃない？ イラスト 高橋ゆう
恋の行方は天気図で イラスト 橋本あおい
ロマンスの黙秘権 全3巻 イラスト あさとえいり
Missing You イラスト やしきゆかり
ブラコン処方箋 イラスト やしきゆかり
恋人は僕の主治医 ブラコン処方箋2 イラスト やしきゆかり
イノセント・キス イラスト 大和名瀬
勾留中のアステリアス イラスト あさとえいり

✤華藤えれな《かとう・えれな》
愛のマタドール イラスト 葛西リカコ

✤金坂理衣子《かねさか・りいこ》
気まぐれに惑って イラスト 小鳩めばる

✤加納 邑《かのう・ゆう》
蜜愛アラビアンナイト イラスト CJ Michalski

✤柊平ハルモ《くいびら・はるも》
恋々 イラスト 北沢きょう

✤久我有加《くが・ありか》
キスの温度 イラスト 蔵王大志
光の地図 キスの温度2 イラスト 蔵王大志
長い間 イラスト 山田睦月
春の声 イラスト 藤崎一也
スピードをあげろ イラスト 藤崎一也
何でやねん！ 全2巻 イラスト 山田ユギ
無敵の探偵 イラスト 蔵王大志
落花の雪に踏み迷う イラスト 門地かおり（※定価630円）
わけも知らないで イラスト やしきゆかり
短いゆびきり イラスト 奥田七緒
ありふれた愛の言葉 イラスト 松本 花
明日、恋におちるはず イラスト 一之瀬綾子
あどけない熱 イラスト 樹 要
月も星もない イラスト 金ひかる（※定価630円）
月よ笑ってくれ 月も星もない2 イラスト 金ひかる
恋は甘いかソースの味か イラスト 街子マドカ
それは言わない約束だろう イラスト 桜城やや
どっちにしても俺のもの イラスト 夏目イサク
不実な男 イラスト 富士山ひょうた
簡単で散漫なキス イラスト 高久尚子
恋は愚かというけれど イラスト RURU
君を抱いて昼夜に恋す イラスト 麻々原絵里依
いつかお姫様が イラスト 山中ヒコ
普通ぐらいに愛してる イラスト 橋本あおい
恋で花実は咲くのです イラスト 草間さかえ
青空へ飛べ イラスト 高城たくみ
わがまま天国 イラスト 楢崎ねねこ
青い鳥になりたい イラスト 富士山ひょうた
海より深い愛はどっちだ イラスト 阿部あかね
ポケットに虹のかけら イラスト 陵クミコ
頬にしたたる恋の雨 イラスト 志水ゆき
魚心あれば恋心 イラスト 文月あつよ
思い込んだら命がけ！ イラスト 北別府ニカ
恋するソラマメ イラスト 金ひかる

✤久能千明《くのう・ちあき》
陸王 リインカーネーション イラスト 木根ヲサム

✤栗城 偲《くりき・しのぶ》
恋愛モジュール イラスト RURU
スイート×リスイート イラスト 金ひかる
君の隣で見えるもの イラスト 藤川桐子

✤小林典雅《こばやし・てんが》
たとえばこんな恋のはじまり イラスト 秋葉東子
執事と画学生、ときどき令嬢 イラスト 金ひかる

✤榊 花月《さかき・かづき》
ふれていたい イラスト 志水ゆき
いけすかない イラスト 志水ゆき
でも、しょうがない イラスト 金ひかる
ドースル？ イラスト 花田祐実
ごきげんカフェ イラスト 二宮悦巳
風の吹き抜ける場所へ イラスト 明森びびか
子どもの時間 イラスト 西河樹草
負けるもんか！ イラスト 金ひかる
ミントと蜂蜜 イラスト 三池ろむこ
鏡の中の九月 イラスト 木下けい子
奇蹟のラブストーリー イラスト 金ひかる
秘書が花嫁 イラスト 朝南かつみ
眠る獣 イラスト 周防佑未
わるい男 イラスト 小山田あみ
ベランダづたいに恋をして イラスト 青山十三

黄昏の世界で愛を イラスト小山田あみ
運命的恋愛 イラスト小路龍流
駆け引きは紳士の嗜み イラスト朝南かつみ

✤**桜木知沙子**《さくらぎ・ちさこ》
現在治療中 全3巻 イラストあとり硅子
HEAVEN イラスト麻々原絵里依
あさがお ～morning glory～ 全2巻 イラスト門地かおり
サマータイムブルース イラスト山田睦月
愛が足りない イラスト高野宮子
教えてよ イラスト金ひかる
どうなってんだよ? イラスト麻生 海
双子スピリッツ イラスト高久尚子（※定価651円）
メロンパン日和 イラスト藤川桐子
好きになってはいけません イラスト夏目イサク
演劇どうですか? イラスト吉村
札幌の休日 全4巻 イラスト北沢きょう
東京の休日 全2巻 イラスト北沢きょう
夕暮れに手をつなぎ イラスト青山十三

✤**清白ミユキ**《すずしろ・みゆき》
ボディーガードは恋に溺れる イラスト阿部あかね

✤**砂原糖子**《すなはら・とうこ》
斜向かいのヘブン イラスト依田沙江美
セブンティーン・ドロップス イラスト佐倉ハイジ
純情アイランド イラスト夏目イサク（※定価651円）
204号室の恋 イラスト藤井咲耶
言ノ葉ノ花 イラスト三池ろむこ
言ノ葉ノ世界 イラスト三池ろむこ
恋のはなし イラスト高久尚子
恋のつづき 恋のはなし② イラスト高久尚子
虹色スコール イラスト佐倉ハイジ
15センチメートル未満の恋 イラスト南野ましろ
スリープ イラスト高井戸あけみ
スイーツキングダムの王様 イラスト二宮悦巳
セーフティ・ゲーム イラスト金ひかる
恋惑星へようこそ イラスト南野ましろ

✤**篁 釉以子**《たかむら・ゆいこ》
パラリーガルは競り落とされる イラスト真山ジュン
執務室は違法な香り イラスト周防佑未
マグナム・クライシス イラストあじみね朔生

✤**玉木ゆら**《たまき・ゆら》
元彼カレ イラストやしきゆかり
Green Light イラスト蔵王大志
ご近所さんと僕 イラスト松本 青
ブライダル・ラバー イラスト南野ましろ

✤**月村 奎**《つきむら・けい》
believe in you イラスト佐久間智代
Spring has come! イラスト南野ましろ
step by step イラスト依田沙江美
もうひとつのドア イラスト黒江ノリコ
秋霖高校第二寮 全3巻 イラスト二宮悦巳
エンドレス・ゲーム イラスト金ひかる（※定価682円）
エッグスタンド イラスト二宮悦巳
きみの処方箋 イラスト鈴木有布子
家賃 イラスト松本 花
WISH イラスト橋本あおい
ビター・スイート・レシピ イラスト佐倉ハイジ
秋霖高校第二寮リターンズ 全3巻 イラスト二宮悦巳
レジーデージー イラスト依田沙江美
CHERRY イラスト木下けい子
恋を知る イラスト金ひかる
おとなり イラスト陵クミコ
ブレッド・ウィナー イラスト木下けい子
すき イラスト麻々原絵里依
恋愛☆コンプレックス イラスト陵クミコ
不器用なテレパシー イラスト高星麻子
嫌よ嫌よも好きのうち? イラスト小椋ムク

✤**鳥谷しず**《とりたに・しず》
スリーピング・クール・ビューティ イラスト金ひかる
流れ星ふる恋がふる イラスト大槻ミウ
恋の花ひらくとき イラスト香坂あきほ

恋色ミュージアム イラストみずかねりょう
新世界恋愛革命 イラスト周防佑未

✤**名倉和希**《なくら・わき》
はじまりは窓でした。 イラスト阿部あかね
耳たぶに愛 イラスト佐々木久美子
戸籍係の王子様 イラスト高城たくみ
夜をひとりじめ イラスト富士山ひょうた
ハッピーボウルで会いましょう イラスト夏目イサク

✤**ひちわゆか**《ひちわ・ゆか》
少年はKISSを浪費する イラスト麻々原絵里依
ベッドルームで宿題を イラスト二宮悦巳
十三階のハーフボイルド① イラスト麻々原絵里依（※定価620円）

✤**松岡なつき**《まつおか・なつき》
【サンダー&ライトニング 全5巻】 イラストカトリーヌあやこ
30秒の魔法 全3巻 イラストカトリーヌあやこ
華やかな迷宮 全5巻 イラストよしながふみ

✤**松前侑里**《まつまえ・ゆり》
月が空のどこにいても イラスト碧也ぴんく
雨の結び目をほどいて イラストあとり硅子
空から雨が降るように 雨の結び目をほどいて2 イラストあとり硅子
ピュア½ イラストあとり硅子
地球がとっても青いから イラストあとり硅子
猫にGOHAN イラストあとり硅子
その瞬間、ぼくは透明になる イラストあとり硅子
籠の鳥はいつも自由 イラスト金ひかる
階段の途中で彼が待ってる イラスト山田睦月
愛は冷蔵庫の中で イラスト山田睦月
水色ステディ イラストテクノサマタ
空にはちみつムーン イラスト二宮悦巳
月とハニーベア イラスト二宮悦巳
Try Me Free イラスト高星麻子
リンゴが落ちても恋は始まらない イラスト麻々原絵里依
星に願いをかけないで イラストあさとえいり

カフェオレ・トワイライト イラスト木下けい子
プールいっぱいのブルー イラスト夢花 李
アウトレットな彼と彼 イラスト山田睦月
ピンクのピアニシモ イラストあさとえいり
パラダイスより不思議 イラスト麻々原絵里依
もしも僕が愛ならば イラスト金ひかる
春待ちチェリーブロッサム イラスト三池ろむこ
コーンスープが落ちてきて イラスト宝井理人
真夜中のレモネード イラスト宝井理人
センチメンタルなビスケット イラストRURU
はちみつグラデーション イラスト夏乃あゆみ
もう一度ストロベリー イラスト小川安積
雲とメレンゲの恋 イラスト小椋ムク

✤**夕映月子**《ゆえ・つきこ》
天国に手が届く イラスト木下けい子
てのひらにひとつ イラスト三池ろむこ

✤**渡海奈穂**《わたるみ・なほ》
甘えたがりで意地っ張り イラスト三池ろむこ
ロマンチストなろくでなし イラスト夏乃あゆみ
神さまと一緒 イラスト窪スミコ
マイ・フェア・ダンディ イラスト前田とも
夢は廃墟をかけめぐる☆ イラスト依田沙江美
恋になるなら イラスト富士山ひょうた
さらってよ イラスト麻々原絵里依
正しい恋の悩み方 イラスト佐々木久美子
手を伸ばして目を閉じないで イラスト松本ミーコハウス
ゆっくりまっすぐ近くにおいで イラスト金ひかる
兄弟の事情 イラスト阿部あかね
恋人の事情 兄弟の事情2 イラスト阿部あかね
未熟な誘惑 イラスト二宮悦巳
たまには恋でも イラスト佐倉ハイジ
カクゴはいいか イラスト三池ろむこ
夢じゃないみたい イラストカキネ
その親友と、恋人と。 イラスト北上れん
恋でクラクラ イラスト小鳩めばる
いばらの王子さま イラストせのおあき
厄介と可愛げ イラスト橋本あおい

ウィングス文庫は毎月10日頃発売／定価609〜924円

ウィングス文庫

嬉野 君
Kimi URESHINO
「パートタイム・ナニー 全3巻」イラスト:天河 藍
「ペテン師一山400円」イラスト:夏目イサク
「金星特急 全7巻」イラスト:高山しのぶ

奥山 鏡
Kyo OKUYAMA
「身代わり花嫁と公爵の事情」イラスト:夏乃あゆみ
「見習い妓女と華籠の恋 ー仙幻花街ランデヴーー」イラスト:くまの柚子

甲斐 透
Tohru KAI
「月の光はいつも静かに」イラスト:あとり硅子
「金色の明日 全2巻」イラスト:桃川春日子
「双霊刀あやかし奇譚 全2巻」イラスト:左近堂絵里
「エフィ姫と婚約者」イラスト:凱王安也子

狼谷辰之
Tatsuyuki KAMITANI
「対なる者の証」イラスト:若島津淳
「対なる者のさだめ」
「対なる者の誓い」

雁野 航
Wataru KARINO
「洪水前夜 あふるるみずのよせぬまに」イラスト:川添真理子

如月天音
Amane KISARAGI
「平安ぱいれーつ 全3巻」イラスト:高橋 明
「咲姫、ゆきます！ 〜夢見る平安京〜」イラスト:椎名咲月
「篁と神の剣 ー平安冥界記ー」イラスト:天野 英

くりこ姫
KURIKOHIME
「Cotton 全2巻」イラスト:えみこ山
「銀の雪 降る降る」イラスト:みずき健
「花や こんこん」イラスト:えみこ山

西城由良
Yura SAIJOU
「宝印の騎士 全3巻」イラスト:窪スミコ

縞田理理
Riri SHIMADA
「霧の日にはラノンが視える 全4巻」イラスト:ねぎしきょうこ
「裏庭で影がまどろむ昼下がり」イラスト:門地かおり
「モンスターズ・イン・パラダイス 全3巻」イラスト:山田睦月
「竜の夢見る街で 全3巻」イラスト:樹 要
「花咲く森の妖魔の姫」イラスト:睦月ムンク
「ミレニアムの翼 ー320階の守護者と三人の家出人ー①」イラスト:THORES柴本

新堂奈槻
Natsuki SHINDOU
「FATAL ERROR 全11巻」イラスト:押上美猫
「THE BOY'S NEXT DOOR①」イラスト:あとり硅子
「竜の歌が聞こえたら ー秘密の魔法の運命の!ー」イラスト:ねぎしきょうこ
「竜の歌が聞こえたら ーふたつの炎の宿命の!ー」

菅野 彰
Akira SUGANO
「屋上の暇人ども①〜⑤」イラスト:架月 弥（⑤は上・下巻）
「海馬が耳から駆けてゆく 全5巻」カット:南野ましろ・加倉井ミサイル（②のみ）

「HARD LUCK①〜⑤」イラスト:峰倉かずや
「女に生まれてみたものの。」イラスト:雁須磨子

菅野 彰×立花実枝子 Akira SUGANO× Mieko TACHIBANA
「あなたの町の生きてるか死んでるかわからない店探訪します」

清家あきら Akira SEIKE
「〈運び屋〉リアン&クリス 全2巻」イラスト:山田睦月

(鷹守諫也 改め)
たかもり諫也 Isaya TAKAMORI
「Tears Roll Down 全6巻」イラスト:影木栄貴
「百年の満月 全4巻」イラスト:黒井貴也

津守時生 Tokio TSUMORI
「三千世界の鴉を殺し①〜⑯」
①〜⑧イラスト:古張乃莉(①〜③は藍川さとる名義) ⑨〜⑮イラスト:麻々原絵里依

前田 栄 Sakae MAEDA
「リアルゲーム 全2巻」イラスト:麻々原絵里依
「ディアスポラ 全6巻」イラスト:金ひかる
「結晶物語 全4巻」イラスト:前田とも
「死が二人を分かつまで 全4巻」イラスト:ねぎしきょうこ
「THE DAY Waltz 全3巻」イラスト:金色スイス
「天涯のパシュルーナ①〜④」イラスト:THORES柴本

前田珠子 Tamako MAEDA
「美しいキラル①〜④」イラスト:なるしまゆり

麻城ゆう Yu MAKI
「特捜司法官S-A 全2巻」イラスト:道原かつみ
「新・特捜司法官S-A 全10巻」イラスト:道原かつみ
「月光界秘譚 全4巻」イラスト:道原かつみ
「月光界・逢魔が時の聖地 全3巻」イラスト:道原かつみ
「仮面教師SJ①〜④」イラスト:道原かつみ

松殿理央 Rio MATSUDONO
「美貌の魔都 月徳貴人 上・下巻」イラスト:橘 皆無
「美貌の魔都・香神狩り」

真瀬もと Moto MANASE
「シャーロキアン・クロニクル 全6巻」イラスト:山田睦月
「廻想庭園 全4巻」イラスト:祐天慈あこ
「帝都・闇烏の事件簿 全3巻」イラスト:夏乃あゆみ

三浦しをん Shion MIURA
「妄想炸裂」イラスト:羽海野チカ

ももちまゆ Mayu MOMOCHI
「妖玄坂不動さん〜妖怪物件ございます〜」イラスト:鮎味

結城 惺 Sei YUKI
「MIND SCREEN①〜⑥」イラスト:おおや和美

和泉統子 Noriko WAIZUMI
「姫君返上! 全5巻」イラスト:かわい千草
「花嫁失格!? —姫君返上! 外伝—」

渡海奈穂 Naho WATARUMI
「夜の王子と魔法の花」イラスト:雨隠ギド
「死にたい騎士の不運〈アンラッキー〉」イラスト:おがきちか

<ディアプラス小説大賞>
募集中!

トップ賞は必ず掲載!!

賞と賞金

大賞・30万円
佳作・10万円

内容

ボーイズラブをテーマとした、ストーリー中心のエンターテインメント小説。ただし、商業誌未発表の作品に限ります。

・第四次選考通過以上の希望者には批評文をお送りしています。詳しくは発表号をご覧ください。なお応募作品の出版権、上映などの諸権利が生じた場合その優先権は新書館が所持いたします。
・応募封筒の裏に、**【タイトル、ページ数、ペンネーム、住所、氏名、年齢、性別、電話番号、作品のテーマ、投稿歴、好きな作家、学校名または勤務先】**を明記した紙を貼って送ってください。

ページ数

400字詰め原稿用紙100枚以内(鉛筆書きは不可)。ワープロ原稿の場合は一枚20字×20行のタテ書きでお願いします。原稿にはノンブル(通し番号)をふり、右上をひもなどでとじてください。なお原稿には作品のあらすじを400字以内で必ず添付してください。
小説の応募作品は返却いたしません。必要な方はコピーをとってください。

しめきり

年2回　1月31日/7月31日(必着)

発表

1月31日締切分…小説ディアプラス・ナツ号(6月20日発売)誌上
7月31日締切分…小説ディアプラス・フユ号(12月20日発売)誌上
※各回のトップ賞作品は、発表号の翌号の小説ディアプラスに必ず掲載いたします。

あて先

〒113-0024　東京都文京区西片2-19-18
株式会社 新書館
ディアプラス チャレンジスクール〈小説部門〉係